LA STATUETTE MALÉFIQUE

DANS LA MÊME SÉRIE

1. *Le pouvoir des Trois*
2. *Le baiser des ténèbres*
3. *Le sortilège écarlate*
4. *Quand le passé revient*
5. *Rituel vaudou*
6. *Menaces de mort*
7. *Le violon ensorcelé*
8. *Le secret des druides*
9. *La fiancée de Nikos*
10. *La statuette maléfique*

A paraître

11. *La sorcière perdue* (novembre 2002)

Charmed™

LA STATUETTE MALÉFIQUE

Une novélisation de Diana G. Gallagher
d'après la série télévisée « Charmed »
créée par Constance M. Burge

Fleuve Noir

Titre original :
Beware What You Wish

Traduit de l'américain
par Florence Mantran

ISBN : 2-265-07316-4

— Regardez, il n'y a que des incendies, des inondations, des tueries, des gamins disparus...

Elle qui s'était levée de si bonne humeur, ce matin, voilà que les infos démolissaient tout. Au moins les Charmed pouvaient-elles combattre les démons du mal quand ils attaquaient ; mais que pouvaient-elles faire contre les catastrophes naturelles ou les gens qui s'entretuaient ?

— Si au moins mes visions n'étaient pas aussi sélectives, se lamenta Phoebe, on pourrait peut-être agir plus tôt et empêcher ces choses épouvantables d'arriver.

— C'est déjà bien que..., commença Piper lorsqu'elle vit sa sœur prise soudain de convulsions.

Phoebe sentit son estomac se retourner tandis qu'une puissante nausée lui montait à la gorge. Sa tasse de café lui échappa des mains et elle se plia en deux.

— Phoebe ! s'écria Piper avant de la prendre entre ses bras.

— Qu'est-ce que tu as ? s'alarma Prue en bondissant de sa chaise pour venir s'agenouiller devant elle. Une vision ?

1

Un saisissant regard sombre accueillit Prue Halliwell lorsqu'elle pénétra dans la bibliothèque où venait de l'introduire la femme de chambre de Stephen Tremaine.

La mise en garde de sa sœur lui revint subitement à l'esprit.

— Fais attention, Prue, lui avait dit Piper. J'ai cru comprendre que cet homme était aussi sec qu'un bout de pain rassis, et, de plus, terriblement vaniteux.

— Et pas sans raison, avait ajouté Phoebe, la plus jeune des trois Halliwell. D'après les potins des journaux, ce M. Tremaine est le célibataire le *plus recherché* de la ville.

— Parce que c'est aussi l'un des *plus riches*, avait renchéri Piper. Alors, tiens-toi sur tes gardes ; ne te laisse pas dévorer toute crue.

La main crispée sur la bandoulière de son

appareil photo, Prue considéra non sans un certain malaise le visage parcheminé qui lui faisait face. Enfoncés dans leurs orbites, des yeux noirs et sans vie la contemplaient avec une sorte de mépris glacé. Ce masque primitif rappelait à lui seul l'incroyable pouvoir qu'avait, un temps, exercé Stephen Tremaine.

— Montre-lui de l'assurance, lui avait recommandé Phoebe. En affaires, Tremaine a une réputation de requin.

Prue n'avait pas pris les conseils de ses sœurs à la légère. Le riche homme d'affaires qu'elle était venue photographier avait, selon les dires, un ego aussi important que son portefeuille à Wall Street. Si, par malheur, il n'appréciait pas les clichés qu'elle allait faire de lui, il n'hésiterait pas à porter plainte auprès du magazine *415*, ce qui, à coup sûr, ruinerait sa carrière de reporter… et son compte en banque.

— On dirait que ce masque vous trouble, lança une voix masculine à l'entrée de la pièce.

— Pas particulièrement, mentit Prue en se retournant.

Stephen Tremaine referma doucement la porte de la bibliothèque.

Âgé de quarante-trois ans, sportif, le visage bronzé et auréolé d'une chevelure poivre et sel qui accentuait la sévérité de ses traits anguleux, il avait une présence plus autoritaire que ne l'aurait cru la jeune femme. Le pantalon de laine gris et la veste bleu marine qu'il portait sur un fin pull blanc à col roulé adoucissaient son apparence austère, sans toutefois atténuer l'assurance qui se dégageait de sa personne. Comme Phoebe l'avait dit à Prue, il pouvait être séduisant… pour celles qui étaient attirées par le genre Stallone doté d'une cervelle.

Et ambitieux, de surcroît, se rappela-t-elle. Vingt ans plus tôt, Tremaine avait créé et vendu des logiciels de jeux vidéo. Comme sa société, installée chez lui, à Oakland, était vite devenue un trust géant, il avait étendu sa production aux simulations et applications militaires. Et, l'année dernière, il avait fini par revendre Tremaine Entreprise pour des millions de dollars.

Aujourd'hui, Stephen se présentait au Congrès, et c'était pour cette raison que Prue venait le photographier. Son portrait serait publié dans le *415*, accompagné d'une interview.

— Une réponse pour le moins intrigante, reprit-il, légèrement surpris, avant de sourire. La plupart des femmes trouvent ma collection plutôt répugnante.

— Vraiment ?

Saisie par l'intensité du regard de son interlocuteur, Prue se retourna vivement vers le masque.

Du haut de son piédestal, l'objet semblait dominer la bibliothèque tout entière. La figure ovale était entourée d'une grossière chevelure noire, partiellement nattée. Des pigments colorés lui barraient le visage, séparant les yeux d'une bouche béante, plantée de deux rangées de dents irrégulières. Des dents humaines, à n'en pas douter.

— Afrique de l'Ouest, c'est ça ? demanda Prue avec ce demi-sourire satisfait que Piper qualifiait de ravageur.

De nouveau étonné, Tremaine haussa les sourcils. Apparemment, les femmes qu'il fréquentait ne portaient aucun intérêt aux cultures anciennes.

— Oui, le Congo. Ce masque représente un esprit.

— Un esprit ? Intéressant…

En souriant, Prue se décida enfin à se présenter.

— Je suis plus qu'enchanté de faire votre connaissance, mademoiselle Halliwell, lui répondit-il en serrant sa main entre les deux siennes. Il est rare de rencontrer une femme qui apprécie les arts primitifs…

Plus encore que tu ne le penses, songea-t-elle, amusée. Avec ses deux sœurs, elles formaient le trio des Charmed, des sorcières aux dons surnaturels, qui avaient pour mission de défendre les innocents contre les forces du mal. Depuis qu'elles s'étaient installées ensemble dans le manoir victorien hérité de leur grand-mère, où elles avaient découvert le *Livre des Ombres*, leurs pouvoirs et le lien indéfectible qui les unissait n'avaient fait que s'accroître.

— ... et qui soit aussi belle, poursuivit Tremaine en lui relâchant lentement la main, les yeux toujours rivés aux siens.

Était-il sincère ou cherchait-il seulement à récupérer une voix pour sa candidature au Congrès ? Quoi qu'il en soit, Prue n'appréciait pas ses manières doucereuses. Elle sourit pour chasser son malaise et leva devant elle son appareil photo.

— Nous pouvons peut-être commencer, hasarda-t-elle.

— D'abord, laissez-moi vous montrer certaines de mes pièces les plus précieuses, si vous le voulez bien.

Doucement, Stephen Tremaine la poussa vers l'impressionnante bibliothèque qui tapissait le fond de la salle. Couvrant trois murs, des milliers de livres, reliés de cuir pour la plupart, s'alignaient sur des planches d'acajou. Sur le quatrième mur, trois grandes fenêtres en forme d'arche ouvraient sur un jardin verdoyant, entre lesquelles des vitrines exhibaient toutes sortes d'objets d'artisanat ancien, tapis, masques, bibelots, bijoux, verreries, venant de toutes les régions du monde.

Cette vision arracha à Prue un soupir d'admiration.

— Je vous vois impressionnée, lâcha Tremaine avec un sourire.

— Je le suis, avoua la jeune femme, désarmée par la réaction presque enfantine de cet homme d'affaires.

Elle se pencha pour observer une lampe à huile gravée à l'effigie de Zeus, en se demandant pourquoi cette pièce avait atterri ici plutôt que dans un musée.

— Vous sauriez m'en dire l'origine ? interrogea Tremaine avec un petit sourire de défi.

— Elle est grecque, du quatrième ou cinquième siècle avant J.-C.

Prue se redressa, attentive à ne pas lui laisser deviner son trouble. Elle connaissait d'importants collectionneurs d'antiquités de San Francisco, où elle avait travaillé dans une salle des ventes. Mais jamais elle n'avait entendu parler de Stephen Tremaine. Comment avait-il pu se procurer d'aussi précieux objets d'art ?

— Cinquième, précisa-t-il. Elle a été découverte lors d'une fouille, financée par mes soins il y a cinq ans, près du site de l'ancienne Delphes.

Prue se garda bien de lui demander par quel

moyen il avait pu obtenir des pièces aussi rares. Il semblait bien improbable que le gouvernement grec ait laissé sortir du pays de telles antiquités.

— Il n'en existe aucune autre semblable dans le monde, ajouta-t-il d'une voix quasi étranglée.

Prue ne savait pas si cet homme était ému par l'histoire qui se cachait derrière cette lampe antique et le respect qu'il devait aux mains qui l'avaient créée, ou s'il était simplement dévoré par la fierté de posséder un objet unique. *Peut-être un peu des deux*, se dit-elle en s'écartant de la vitrine.

Elle s'était attendue à trouver un homme arrogant et exigeant, et Tremaine se révélait aussi charmant que délicat. À quoi jouait-il ? Quel personnage était-il, en réalité ? Prudente, la jeune femme préféra changer de sujet avant de prononcer des paroles qu'elle regretterait.

— Monsieur Tremaine, je dois prendre ces clichés avant que la lumière ne change, déclara-t-elle en se tournant vers les fenêtres.

— Bien sûr, répondit-il d'une voix sèche avant de traverser la pièce pour aller s'asseoir à son bureau. J'imagine que vous désirez un gros plan habituel de…

— Non, coupa-t-elle, je pensais en fait à quelque chose de… plus créatif.

Si Tremaine parvenait à se faire élire, avoir un

homme du Congrès dans sa clientèle ne lui ferait certainement pas de mal.

— Un portrait où l'on devinerait l'homme derrière le personnage public, poursuivit-elle.

— Intéressant… remarqua-t-il. Et, comment allez-vous vous y prendre ?

Prue déposa sa sacoche sur le divan et décida d'ajouter un filtre à son objectif, afin d'adoucir les traits sévères du visage de Tremaine.

— J'aimerais… je voudrais vous photographier debout devant une de vos vitrines avec, en arrière-plan, quelques-uns de ces fabuleux objets.

— Excellente idée, lâcha-t-il, soudain enthousiaste. Mais je vous propose mieux encore.

Tirant une clé de sa poche, Tremaine se dirigea droit vers l'une des vitrines, l'ouvrit et en sortit une statuette de pierre grossièrement sculptée. En forme d'œuf, elle mesurait environ vingt centimètres, et le visage et les membres étaient à peine discernables du reste du corps. Pourquoi Tremaine avait-il fait un tel choix alors qu'il possédait des trésors tellement plus beaux que celui-ci ?

— Mes experts croient qu'il s'agit d'une pierre spirituelle, expliqua l'homme d'affaires en prenant l'objet dans ses mains, sur lequel il posa un regard chargé d'admiration.

— Une pierre spirituelle ?

— Oui, dédiée à un esprit. Cela se faisait beaucoup, dans les temps anciens.

— C'est vrai que l'effet est parfait, dit Prue en prenant plusieurs clichés d'affilée. Tournez-vous un peu de côté… Comme ça, oui, c'est très bien.

— D'après eux, cette statuette viendrait d'une tribu obscure, qui vivait en Amazonie il y a plus ou moins trois mille ans.

— Fascinant… observa Prue en continuant de photographier Tremaine sous plusieurs angles.

— Oui, vous l'avez dit. Cependant, ce ne sont pas ma connaissance et mon amour des cultures anciennes qui me feront gagner cette élection.

— Sans doute pas, admit la jeune femme.

Noël Jefferson était l'autre homme qui briguait le siège au Congrès, laissé vacant peu de temps auparavant. Plus jeune et plus charismatique que Stephen Tremaine, il avait de bonnes chances de l'emporter dans le cœur du public, même s'il ne jouissait pas des relations et de la fortune de son redoutable adversaire. Entièrement dévoué à combattre l'injustice, Jefferson pouvait en tout cas s'assurer d'obtenir le vote des trois sœurs Halliwell.

Cependant, à quelques semaines des élections, Tremaine avait encore le temps de récupérer de nombreuses voix du côté d'hommes d'affaires et de dirigeants d'entreprises, qui ne demandaient qu'à se fier à un industriel aussi efficace.

— J'aurais souhaité ne pas avoir ce Jefferson pour adversaire, déclara-t-il subitement, en serrant la statuette entre ses paumes. Cet homme a un tel passé…

Ses yeux se fermèrent soudain et il vacilla comme s'il était saisi d'un vertige.

— Tout va bien, monsieur Tremaine ? lui demanda Prue en abaissant son appareil.

— Oui, oui, merci…

Manifestement troublé, il reposa d'une main tremblante l'objet sur l'étagère de la vitrine qu'il referma en balbutiant une vague excuse :

— J'ai un programme si chargé que je saute la plupart de mes repas.

Tandis qu'il parlait, Prue vit que la statuette, mal remise sur son socle, était près de tomber. Aussitôt, elle se concentra et, d'un discret mouvement des doigts, la remit en place. Le dos déjà tourné, Tremaine ne remarqua rien.

— Avons-nous terminé ? demanda-t-il avant d'aller s'asseoir dans son fauteuil de cuir.

— Oui, répondit Prue qui le sentait contrarié.

Contrarié de savoir qu'elle avait été témoin d'un instant de faiblesse. Pourtant, depuis qu'il avait rendu public son dossier médical, elle savait qu'il ne souffrait d'aucune maladie sérieuse. Cependant, un tel incident, aussi minime soit-il, pouvait être utilisé contre lui si, par malheur, il avait affaire à un journaliste peu intègre.

— Je suis sûre que nous aurons une photo…

— Dans ce cas, coupa-t-il d'une voix sèche, si vous permettez, j'ai beaucoup de travail.

Sans un regard pour la jeune femme, Tremaine fit pivoter son fauteuil vers l'ordinateur.

Vexée, Prue rangea à la hâte son appareil, prit sa sacoche en bandoulière et se dirigea vers la porte sans même un au revoir. En repassant devant les vitrines, elle ne put toutefois s'empêcher de constater que la plupart des pièces réunies par le collectionneur se composaient d'armes et d'objets de guerre, destinés sans doute à intimider des adversaires potentiels.

Mais, bien sûr ! songea-t-elle, une fois dans le vestibule. La guerre et l'intimidation constituaient les armes favorites de Stephen Tremaine, en affaires… et peut-être même en politique. Cependant, comme toute personne dont l'existence s'appuyait exclusivement sur l'argent et le pouvoir, la vie de Tremaine était peut-être aussi vide que les yeux sombres du masque qui l'avait accueillie un peu plus tôt.

2

— Mmmh… très romantique ! soupira Phoebe en ouvrant le panier à pique-nique de leur grand-mère.

Ses sœurs échangèrent un regard intrigué, comme si elle était soudain devenue folle. Vêtue d'un T-shirt de coton, d'une jupe longue et de sandales de cuir, Piper croisa les bras et demanda :

— Pourquoi, « romantique » ?

— Oui, pourquoi ? ajouta Prue.

Moulée dans un jean sombre auquel elle avait assorti un bustier rouge, elle posa son appareil photo près du panier en osier et tira sur un coin de la nappe que lui tendait sa sœur. Ses yeux bleus se plissèrent avec amusement lorsqu'elle déclara à Piper :

— Je t'avais bien dit, l'autre jour, que Phoebe ne sortait pas assez.

— C'est vrai, répondit-elle en étouffant un

rire. Je n'aurais jamais cru que des semaines passées à réviser ses examens pouvaient lui donner un tel besoin de romantisme.

— Oui, avoua Phoebe, ça doit être ça : je suis en manque de romantisme.

Le bas de son T-shirt bleu découvrit une partie de son joli ventre plat et bronzé quand elle jeta les bras en avant pour étendre la nappe sur l'herbe.

— Mais, admirez cet endroit, au moins ! C'est idyllique, vous ne trouvez pas ?

Son regard balaya le parc qui les entourait. Sous les chênes séculaires baignés par un soleil radieux, des gens se promenaient au bord d'un étang où barbotaient des canards, des enfants jouaient et riaient. Çà et là, étaient disposées des tables de pique-nique, et les trois sœurs avaient choisi l'une d'elles pour s'y installer.

— Et tellement tranquille, ajouta-t-elle comme pour exorciser le stress que leur causaient leurs incessants combats contre les forces du mal.

— Oui, dit Piper, mais, franchement, je ne vois pas où tu veux en venir.

— Mais, enfin, tu ne trouves pas que c'est l'endroit idéal pour un pique-nique romantique ?

Phoebe était désorientée. Des trois filles, Piper était sans doute la plus lucide, la plus réaliste, et c'était pourtant elle la seule à être amoureuse.

— Idéal, tu as raison, reprit celle-ci en repoussant de son visage sa longue chevelure auburn. Mis à part le fait que nous sommes trois femmes ici… sans aucun homme.

— Oui, mais, si Léo était ici… lâcha Phoebe avec un soupir exaspéré.

— Eh bien, il n'est pas là, rétorqua Piper sur un ton sec alors que ses yeux se voilaient d'une expression chagrine.

Léo, qui avait pour mission de protéger les sœurs Halliwell depuis qu'elles avaient découvert leurs pouvoirs, n'avait pas mis longtemps à conquérir le cœur de Piper. Cependant, les obligations de cet Être de Lumière le tenaient si souvent éloigné qu'elle préférait refuser de l'évoquer. Ou, plus exactement, elle n'osait pas se plaindre. Car, depuis qu'elle était tombée amoureuse de cet homme, mort durant la Seconde Guerre mondiale et recruté ensuite par les puissances supérieures pour faire régner le bien, Piper devait en assumer les conséquences. Elle savait qu'une romance entre les Êtres de Lumière et les sorcières qu'ils protégeaient occupait la première ligne sur la liste des interdits.

Cependant, lorsque le cœur brisé de Piper avait menacé d'affaiblir le Pouvoir des Trois, le patron de Léo avait quelque peu cédé – à une condition : que la relation des deux amoureux ne vienne en aucun cas interférer avec l'aide qu'ils apportaient l'un et l'autre aux innocents.

Et Phoebe devait bien reconnaître que cette mission constituait un travail à plein temps pour chacun d'eux. Même si, à l'image de Léo, les sœurs Halliwell n'avaient jamais à se transporter dans d'autres mondes pour accomplir leur travail.

— Et toi et moi, Phoebe, on n'a absolument rien en vue, enchaîna Prue sur un ton désabusé.

— Je sais bien, hélas…

— Attends, reprit Piper, tu as oublié Rick Foreman, mon nouveau barman. L'autre soir, au bar du *P3*, il n'avait d'yeux que pour toi.

Phoebe fronça les sourcils : quel prince charmant avait bien pu poser les yeux sur elle alors qu'elle était venue boire un verre au club de sa sœur, pour se changer les idées après ses révisions ?

— Je n'ai rien remarqué, avoua-t-elle. Pourquoi est-ce que tu ne m'as rien dit ?

— Parce que tu étais en pleins examens et qu'il n'était pas question de te distraire, lui expliqua Piper.

— C'est vrai. Mais, peut-être que, si on se revoit…

— Il y aura des étincelles, commenta Prue, rêveuse.

— Comme celles qu'il n'y a pas eu entre toi et

le riche M. Tremaine ? demanda Piper en ôtant du panier quelques assiettes en carton.

— On peut dire ça, oui, répondit Prue d'un air maussade. En fait, il s'est montré plutôt agréable, ce qui est rare chez un politicien qui veut gagner une élection. Ce qui ne m'empêche pas d'être tout à fait contre ses idées.

— Oui, tout pour les affaires et rien pour l'environnement, commenta Phoebe.

— Pourtant, beaucoup de mes clients sont d'accord avec sa politique.

— Et beaucoup de gens sont d'accord avec tes clients, on dirait, ajouta Prue. Mais, ce qui m'a chiffonnée chez lui c'est…

Elle s'interrompit subitement.

— Quoi ? demanda Phoebe en se servant de salade de pommes de terre. Sa mauvaise haleine ? Sa façon de faire craquer ses doigts ? Le bruit qu'il fait en mangeant ?

— Non… sa collection bizarre. Elle donne la chair de poule.

— Une collection de quoi ? interrogea Piper. Des insectes mis en brochette ? Des têtes réduites ?

— Des timbres ? suggéra Phoebe.

— Arrêtez, c'est plus grave que ça ! Il a une collection d'objets anciens… impressionnante.

Ce ne sont que des pièces qui ont trait à la guerre ou au combat.

— Tu veux dire que Tremaine aurait un petit grain ? demanda Phoebe en croquant dans un bâton de carotte. Ça expliquerait pourquoi il se présente au Congrès. Avec tout son argent, il faut vraiment être dingue pour faire de la politique.

— Pas forcément, dit Prue.

— Enfin, je doute que Stephen Tremaine soit animé par le désir brûlant de contribuer au bien-être de la communauté, objecta Piper. La seule motivation qui pousse les gens à faire de la politique, c'est le pouvoir.

— Ce qui correspond parfaitement à la personnalité de Tremaine, remarqua Prue.

Laissant tomber un os de poulet dans son assiette, elle s'essuya les doigts sur une serviette en papier, puis avala une gorgée de vin rouge.

— Je n'arrive pas à comprendre comment on peut voter pour lui, marmonna Piper.

— Il a une poignée de main vibrante et un sourire de gagneur, observa Prue en haussant les épaules. Il faut croire que, pour certaines personnes, ça suffit.

— Mais il fait aussi une campagne remarquable, ajouta Phoebe. Et, pour beaucoup de gens, ça semble suffire.

La politique ne l'intéressait pas vraiment, mais

le message qu'envoyait Stephen Tremaine avait un impact qu'il était impossible d'ignorer : sur toutes les chaînes de télévision et de radio, il prétendait que l'industrie – son industrie – respectait l'environnement ! Et bien trop d'électeurs l'écoutaient, sans considérer les désastres que ces idées pouvaient créer à long terme.

— Pourtant, dit Prue, il a quand même de quoi se faire du mouron. Hier, il m'a laissé entendre qu'il aurait souhaité ne pas avoir Noël Jefferson pour adversaire.

— En voilà un qui me plaît ! s'exclama Piper. Non seulement il est beau gosse mais il est aussi du côté des « gentils ».

Célibataire également, la trentaine dynamique, Jefferson était un bel athlète blond aux yeux bruns, qui défendait les plus démunis et ceux qui étaient victimes d'injustice.

— Encore une idée du *415* de m'envoyer prendre des photos de Stephen Tremaine, soupira Prue. Si au moins j'avais pu rencontrer Noël Jefferson, j'aurais pu honnêtement prétendre voter pour lui.

— Attends samedi, lui répliqua Piper en se plaquant une main sur l'estomac. Ouf… je crois que j'ai trop mangé !

— Qu'est-ce qui se passe, samedi ? demanda

Phoebe avant de croquer dans une dernière carotte.

— Ne me dis pas que tu as oublié ! Tu es censée m'aider au stand du *P3* pour la kermesse justement organisée pour les deux candidats !

— C'est déjà samedi ? lâcha-t-elle, les yeux écarquillés.

Elle n'avait pas oublié sa promesse, elle avait simplement un peu perdu la notion du temps, à cause de ses études.

Piper prévoyait d'installer un stand représentant son club, le *P3*, où elle servirait des boissons non alcoolisées et quelques tapas, présenterait des photos de la salle et diffuserait la musique des différents groupes qui s'y produisaient. La kermesse devait se dérouler au Gold Coast Park, un immense parc d'attractions, et un nombre important de personnalités locales y était attendu. Qui sait ? Peut-être Phoebe avait-elle des chances d'y rencontrer l'amour de sa vie.

— Tu ne vas pas me laisser tomber, j'espère ? insista Piper.

— Bien sûr que non, tu as ma parole, lui assura sa sœur en levant solennellement une main devant elle.

— Mais qu'est-ce que cette fête a à voir avec Jefferson ? interrogea Prue.

Comme elle s'amusait à balancer dans une corbeille fixée au pied d'un arbre la boulette de papier qu'elle venait de fabriquer avec sa serviette, elle manqua son but. D'une pichenette dans le vide, elle força l'objet à sauter dans la boîte de métal lorsque Phoebe lui cria :

— Hé, arrête, Prue ! Si on s'amuse à utiliser nos pouvoirs devant tout le monde, la terre entière finira par savoir qu'on est des sorcières ! Déjà, tout à l'heure, Piper a figé en plein vol son verre qui tombait…

— Désolée, tu sais bien que c'est devenu un réflexe.

— Oui, renchérit Piper. Quand un pouvoir devient une seconde nature, on ne pense pas toujours à y réfléchir à deux fois avant de s'en servir.

Phoebe comprenait, bien sûr. Elle-même avait parfois du mal à se souvenir que le fait d'user de ses pouvoirs de manière frivole était interdit chez les sorcières. Elle ne contrôlait pas toujours la puissance des visions qui la saisissaient, pas plus qu'elle ne maîtrisait l'art de la lévitation, un don qu'elle s'était récemment découvert. Et pourtant, comme ses sœurs, elle devait rester vigilante.

— Quelqu'un veut du dessert ? lança-t-elle en se levant pour prendre un gâteau au chocolat dans le panier.

— Oui, moi, répondit Prue avant de se pencher vers Piper pour murmurer :

— Est-ce que Noël Jefferson sera à la kermesse ?

— Oui, rétorqua sa sœur en tendant un couteau à Phoebe. Lui et Stephen Tremaine vont chacun faire un discours du genre : « vous-qui-êtes-venus-si-nombreux-vous-ne-pouvez-évidemment-que-voter-pour-moi ».

— Génial ! Je pourrai peut-être prendre quelques photos de Jefferson pour le *415*. Au cas où Gil en aurait besoin…

— Hé, attention ! s'écria tout à coup Piper.

Phoebe laissa tomber son couteau tandis qu'un ballon de football surgi de nulle part venait s'écraser sur le gâteau qu'elle s'apprêtait à découper. Malgré le bond qu'elle fit en arrière, son T-shirt se retrouva instantanément éclaboussé de crème au chocolat. Jetant à Piper un regard furieux, elle s'exclama :

— Pourquoi est-ce que tu ne l'as pas figé ?

— Un gâteau qui se prend une bombe ne fait pas partie des cas d'urgence, ma chère, lui répliqua celle-ci tandis que Prue étouffait un éclat de rire.

— C'est à toi ? demanda alors Phoebe à la gamine qui arrivait, tout essoufflée, devant leur table.

— Euh… oui. Je… je m'excuse, on ne voulait pas abîmer votre gâteau.

— Ça n'a pas d'importance, ne t'en fais pas, reprit-elle en lui tendant le ballon plein de crème.

Mais, tandis que la fillette s'en emparait, Phoebe fut saisie par une douloureuse vision. Ses muscles se contractèrent d'un coup et les images d'un désastre imminent déferlèrent dans son esprit.

... la petite fille est précipitée au sol, piétinée par une bête velue... ses cris sont étouffés par l'étreinte de puissantes jambes, à la fois humaines et animales...

— Merci, dit la gamine en faisant mine de rejoindre ses partenaires de jeu.

Étourdie par l'impact mental de cette prémonition, Phoebe mit de précieuses secondes à récupérer.

— Attends ! cria-t-elle malgré elle.

Ses deux sœurs se précipitèrent sur elle, et la fillette, intriguée, stoppa net, à quelques mètres de leur table de pique-nique.

— Qu'est-ce que c'était ? demanda Prue en prenant les mains de Phoebe.

— Je ne sais pas bien... Une sorte de démon, tout poilu...

Elle se tourna vers un petit pavillon, situé un peu plus loin, sous les arbres, où l'on donnait un anniversaire. Un homme portant un chapeau de cow-boy menait un poney vers un van stationné sur le parking, à l'entrée du parc.

— Quelle sorte de démon ? s'impatienta Piper.

— Le poney… hésita Phoebe.

La petite fille, qui n'avait pas bougé, jeta alors un regard mélancolique vers le camion à chevaux et déclara :

— Oh, j'aimerais tellement avoir un poney…

C'est alors qu'un hennissement strident retentit. Se tournant vers le van dans lequel l'animal était en train de grimper, Phoebe sentit son cœur s'arrêter quand elle le vit se cabrer, tirer sauvagement sur le licol par lequel le tenait le cow-boy, et galoper à travers le parc… en direction de la fillette.

— Non ! hurla-t-elle avant de se jeter sur elle pour l'écarter du passage du poney fou furieux.

Il y avait trop de témoins pour que Piper ou Prue utilisent discrètement leurs pouvoirs et, de toute façon, ni l'une ni l'autre n'aurait le temps d'agir.

Il ne fallut que quelques secondes à Piper pour comprendre ce qui se passait… et décider qu'elle ne pourrait jamais figer le poney sans que personne la remarque. Déjà, un homme et une femme qui avaient assisté de loin à la scène, accouraient près de la fillette agenouillée sur l'herbe, tremblante d'effroi.

Il fallait pourtant faire quelque chose.

Les yeux bleus de Prue s'arrondirent de stupeur quand elle vit les mains de Piper se projeter en avant.

— Enlève-la de là ! cria celle-ci à sa sœur aînée tandis que le poney stoppait net en plein galop, un sabot en l'air.

Prue se concentra avec force puis, d'un claquement de doigts, poussa la petite vers Phoebe. Dès que le passage fut libre, Piper réanima le quadrupède… qui chargea comme un malade, passa devant les trois sœurs au triple galop et s'enfuit vers le fond du parc.

Se laissant tomber sur le banc, Piper poussa un soupir où se mêlaient le soulagement et l'appréhension. La dernière chose qu'elle voulait voir le lendemain dans les journaux était un gros titre du style « Sauvetage miraculeux dans un jardin public ».

— Tu crois qu'on est grillées ? demanda-t-elle à Prue.

— Je ne pense pas.

Utilisant ses pouvoirs de télékinésie, elle ralentit la course folle du poney, de façon que le pauvre cow-boy puisse le rattraper.

Phoebe relâcha la fillette au moment où ses

parents, hors d'haleine, la rejoignaient. Alors seulement, quand elle se retrouva dans les bras de sa mère, elle se mit à pleurer. Son père, la mine pâle et décomposée, marmonna quelque chose que Piper ne put entendre.

Peu à peu, un petit groupe se forma autour des trois sœurs Halliwell, et plusieurs personnes se mirent à commenter les événements en leur jetant des regards aussi furtifs qu'intrigués.

Finalement, on est peut-être bien grillées... se dit Piper en subissant la situation avec un étrange détachement. Peut-être quelqu'un avait-il remarqué son petit jeu ; dans ce cas, elle trouverait bien le moyen de s'expliquer. Ce qu'elle ne voulait surtout pas, c'était décevoir Léo parce qu'elle avait failli à sa tâche quand il s'était agi de voler au secours d'une innocente.

Un coup de vent passa soudain au-dessus d'elle, qui la fit frissonner de part en part.

Écumant d'une rage à peine contenue, il passa devant ces horribles femmes-plus-qu'humaines, puis au travers d'un groupe de gens qui s'écartèrent sur son passage, laissant derrière lui une impression d'angoisse plus intense que celle qu'il avait suscitée lorsque son esprit s'était enfin échappé. Il avait été volé de son corps de démon, mais la vile magicienne qui, si elle était parvenue, l'espace de plusieurs millénaires, à le soumettre, ne l'avait pas pour autant privé de tout pouvoir. Lâché, tel un souffle de vent, sur ces terres étranges, il pouvait encore changer le plus inconséquent des désirs humains en une menace de cataclysme.

Cependant, comme il l'avait suspecté, ces chamans au féminin avaient encore la possibilité de le stopper.

Il bouillonnait de colère, car la fragile forme enfantine n'avait pas été piétinée, détruite par les sabots ferrés de la bête en folie.

Il enrageait car les vies que cet enfant toucherait désormais ne seraient jamais écrasées par le désespoir, anéanties par une horreur qu'elles ne pourraient jamais oublier.

Fou à l'idée que l'animal avait échoué, que ces sorcières avaient empêché de s'accomplir le chaos déclenché par le seul désir d'une fillette, il s'envola vers le ciel. Leur magie menaçait directement la cascade de catastrophes que pouvait entraîner un simple souhait d'humain et, cependant, sa résolution restait aussi solide que leurs pouvoirs.

Il se vengerait pour tout ce qu'il avait perdu.

Cette fois, il vaincrait les sorcières.

3

Phoebe s'installa sur le canapé en posant sur le bord de la table basse ses pieds chaussés de pantoufles de fourrure. Ses examens terminés, elle se laissait aller au plaisir d'une matinée tranquille, installée devant un feuilleton insipide ou plongée dans un de ces romans gothiques qu'elle adorait.

En sirotant une tasse de café bouillant, elle alluma la télé et ôta aussitôt le son devant la série de pubs qui défilaient. Puis elle prit le livre qu'elle avait acheté pour un dollar, *Sombres passions de la nuit*, impatiente de savoir quel amour fou allait unir Agatha et Trevor.

Alors qu'elle commençait à feuilleter les pages du prologue, Phoebe sentit une délicieuse odeur de cannelle lui chatouiller les narines. Elle vit alors arriver Piper, un plateau à la main, qu'elle déposa devant elle sur la table.

— Quoi ? Du gâteau au chocolat hier, et des

biscuits à la cannelle aujourd'hui ! Tu tiens à me pourrir les dents ?

Piper poussa légèrement son livre pour en voir la couverture.

— Et toi, tu tiens à te pourrir le cerveau, on dirait.

— Mon cerveau a surtout envie de faire un break, figure-toi.

Posant son bouquin à l'envers sur le bras du canapé, Phoebe prit sa tasse de café. Puis elle regarda les biscuits avec envie et décida de se laisser tenter. Surveiller sa ligne ne faisait pas partie de son plan de journée.

— Et si on écoutait un peu les infos ? proposa Piper en remettant le son de la télé.

Sa tasse à la main, elle s'assit près de sa sœur et replia les jambes sous elle.

— Tu n'as pas de cours, aujourd'hui ?

— Non, je suis en vacances pour cinq jours, et j'ai bien l'intention d'en profiter.

— Super ! dit Piper en cognant doucement sa tasse contre celle de Phoebe. Alors, tu peux m'aider à faire les courses pour remplir le frigo.

— Si tu veux.

En temps normal, Phoebe ne détestait pas faire les courses mais, aujourd'hui, elle aurait nettement préféré se vider la tête en restant paresser au manoir.

— Je sais, ce n'est pas très excitant, reprit Piper en notant sa mine désappointée, mais il le faut bien. Au fait, je t'ai dit que les *Hard Crackers* allaient jouer à la kermesse de samedi ?

— Non ?! C'est génial !

Le visage de Phoebe s'épanouit tout à coup. Ce groupe local connaissait une notoriété grandissante, en partie grâce aux apparitions qu'il avait faites au *P3*, le club de Piper.

— Et… ça va te coûter combien ?

— Pas un sou. En ayant le droit de manger et de boire tout ce qu'ils voudront, ils auront aussi peut-être la chance de se faire remarquer par un grand ponte du show-biz.

— Cool, dit Phoebe en voyant soudain Piper se lever pour aller ouvrir la porte d'entrée.

Elle entendit alors une sirène hurler… avant de se rendre compte que cela venait de la télévision. Prêtant l'oreille, elle écouta un journaliste annoncer :

— « Trois personnes ont été tuées par des hommes armés à bord d'une voiture, qui ont tiré à bout portant sur la vitrine d'un magasin. La police est en train d'interroger des témoins de la scène, mais on n'a procédé encore à aucune arrestation. »

Phoebe ôta de nouveau le son tandis que Piper refermait la porte et retournait auprès d'elle.

— Désolée, lui dit-elle, mais je suis incapable d'écouter ce genre de nouvelles alors que j'en suis encore à ma première tasse de café.

— Moi aussi, soupira Piper.

Les meurtres qui venaient d'arriver n'avaient rien de drôle mais, parfois, l'humour restait la seule chose qui empêchait les trois sœurs Halliwell de devenir folles. Elles affrontaient le mal sans doute plus souvent en une semaine que n'importe qui au cours de sa vie entière.

— Est-ce qu'on a fait la une ? demanda Piper à Prue qui rejoignait ses sœurs au salon, un journal à la main.

S'asseyant à côté d'elles, elle l'ouvrit à la page des faits divers, dans l'espoir de trouver un article sur l'escapade du poney, la veille, dans le parc où elles avaient pique-niqué.

— Alors ? demanda Piper avec impatience.

— Rien, répondit Prue. Pas un mot.

Soulagée, Phoebe se laissa retomber contre le coussin du canapé mais Piper, elle, ne se sentit pas pour autant rassurée.

— Cherche encore, dit-elle à Prue. Regarde chaque page, on ne sait jamais.

— O.K., mais tu me rapportes une tasse de café, s'il te plaît.

— D'accord, je ferai une exception pour

aujourd'hui, reprit Piper en se levant pour aller à la cuisine.

Pendant ce temps, comme Prue continuait de feuilleter le journal, l'inquiétude de Phoebe reprenait forme.

— Alors, tu trouves quelque chose ? interrogea-t-elle d'une voix sourde.

— Rien, pour le moment, mais je n'ai pas encore… attends… une agression sur Pacific Street, quelques petits vols par-ci, par-là, un garçon qui a descendu sa petite amie avant de se tuer lui-même…

— Ouh, dur ! Et puis ?

— Un gamin noyé dans une piscine publique… incroyable ! Mais, non… aucune mention d'un poney suspendu en plein galop au beau milieu d'un parc.

— Parfait, lança Piper en revenant au salon avec trois tasses remplies de café. Cette nuit, j'ai rêvé que j'étais poursuivie par une bande de parents et de gosses furieux parce que j'avais figé et défigé à plusieurs reprises un manège. Vous imaginez !

Ce fut le sourire de Phoebe qui se figea soudain lorsque son regard se posa sur l'écran muet. Des personnes échevelées et en pyjama, pour la plupart, s'échappaient en criant d'un immeuble en flammes. La caméra balaya alors la rue où des familles hagardes regardaient leur appartement dévoré par un tragique incendie.

— Fais-moi penser à ne pas m'approcher du manège, samedi, poursuivit Piper qui n'avait rien vu.

— Il y aura un manège à la kermesse ? interrogea Prue sans lever les yeux du journal qu'elle continuait de feuilleter.

— Oui, bien sûr. Quand je pense que Grand-Mère nous empêchait toujours d'y monter parce qu'elle trouvait ça dangereux.

— Dangereux… Si elle nous voyait, aujourd'hui…

Les yeux toujours rivés sur la télévision, Phoebe écoutait leurs plaisanteries d'une oreille distraite. Les infos parlaient maintenant d'une inondation gigantesque dans le Middle West, et l'on voyait les gens embarquer sur des canots de fortune pour fuir les eaux qui ne cessaient de monter. Enfin, lorsque l'image d'un petit garçon, disparu depuis trois jours dans un parc national, apparut sur l'écran, Phoebe prit la télécommande et remit le son.

— Oh, non ! lâcha alors Prue.

— Quoi ? demandèrent ensemble ses sœurs.

— Ma boutique préférée fait des soldes et je n'ai plus un sou sur ma carte de crédit ! Pourtant, j'aurais bien besoin d'une nouvelle paire de bottes.

— Hé, tu m'as flanqué une de ces peurs ! s'écria Phoebe qui, en sursautant, avait renversé du café sur son T-shirt immaculé. Ça suffit pour ce matin, les mauvaises nouvelles.

— Quelles mauvaises nouvelles ? interrogea Prue en repliant le journal qu'elle laissa tomber à terre.

— Mais, tu n'écoutes pas ? Il n'y a que ça, depuis tout à l'heure !

— Moi aussi, j'ai dû louper quelque chose, dit Piper en se tournant vers le poste de télévision.

— Regardez, il n'y a que des incendies, des inondations, des tueries, des gamins disparus...

Elle qui s'était levée de si bonne humeur, ce matin, voilà que les infos démolissaient tout. Au moins les Charmed pouvaient-elles combattre les démons du mal quand ils attaquaient ; mais que pouvaient-elles faire contre les catastrophes naturelles ou les gens qui s'entretuaient ?

— Si au moins mes visions n'étaient pas aussi sélectives, se lamenta Phoebe, on pourrait peut-être agir plus tôt et empêcher ces choses épouvantables d'arriver.

— C'est déjà bien que..., commença Piper lorsqu'elle vit sa sœur prise soudain de convulsions.

Phoebe sentit son estomac se retourner tandis qu'une puissante nausée lui montait à la gorge. Sa tasse de café lui échappa des mains et elle se plia en deux.

— Phoebe ! s'écria Piper avant de la prendre entre ses bras.

— Qu'est-ce que tu as ? s'alarma Prue en bondissant de sa chaise pour venir s'agenouiller devant elle. Une vision ?

— Non… je suis… malade, balbutia-t-elle.

— On ferait peut-être bien d'appeler un médecin, proposa Prue en se ruant sur le téléphone.

— Non, attends…, reprit Phoebe qui commençait à se sentir un peu moins mal.

Trois fois de suite, elle inspira profondément puis murmura :

— Je crois que… ça s'en va.

— Mais, qu'est-ce qui s'en va ? lui demanda Piper. Explique-nous !

— L'impression que mon estomac se retournait comme un gant, et puis cette horrible nausée, et la tête qui me tournait…

Passant une paume sur son front inondé de sueur, elle ajouta :

— Bizarre…

— Trop bizarre, à mon goût, déclara Prue en s'asseyant sur la table basse avant de ramasser la tasse tombée sur le tapis. Tu te sentais bien et, tout à coup, te voilà en train d'agoniser. Et puis, ça disparaît… Ce n'est pas normal.

— Agoniser… le mot est un peu fort, sourit Phoebe. Et puis, ce n'est peut-être pas si bizarre, maintenant que j'y pense.

— On t'écoute, dit Piper avant de se relever et de croiser les bras devant Phoebe.

— Je crois que j'en ai trop fait, ces dernières semaines. Avec ces fichues révisions, j'ai stressé, je n'ai pas beaucoup dormi, pas beaucoup mangé. Ça doit me retomber dessus d'un seul coup.

En disant cela, elle se précipita sur un des biscuits à la cannelle laissés dans l'assiette de porcelaine.

— Qu'est-ce que tu en dis, Prue ? demanda Piper d'un air suspicieux. Ça te suffit, comme explication ?

— Pas vraiment, non. J'aimerais te croire, Phoebe, tu étais réellement très mal et…

— Il n'y avait rien de magique à ça, rassure-toi, coupa-t-elle d'un air peu convaincu. C'était la faim qui me donnait la nausée et le tournis. Vous savez, je ne roulais pas sur l'or, à New York.

— Tu crevais de faim et tu ne nous as rien dit ! s'indigna Piper.

— Non, je ne crevais pas de faim, s'empressa-t-elle de corriger.

Pourquoi rouvrir de vieilles blessures, surtout

quand ses sœurs l'avaient plus d'une fois aidée financièrement avant son retour à San Francisco ?

— J'avais juste parfois l'estomac assez vide pour avoir des petits étourdissements…

— Tu es sûre ?

— Certaine, répondit-elle en avalant la dernière bouchée de son biscuit.

Phoebe se sentait encore secouée, mais elle était persuadée que cette attaque soudaine n'était rien d'autre qu'une réaction de son corps au stress engendré par le manque de nourriture et de sommeil de ces dernières semaines.

Oui, vraiment certaine, ajouta-t-elle pour elle-même.

Athulak, le démon, ressentait douloureusement la perte de son être physique. Durant des siècles, sous sa forme humaine, il avait arpenté les forêts froides et humides, rôdé le long des rivières, invulnérable au danger, galvanisé par la terreur que ses seules apparitions engendraient. Mais il savait qu'aujourd'hui il n'aurait pas été aussi à l'aise dans le corps d'un humain. La faiblesse de ces hommes n'avait pas changé, pourtant, mais l'univers où ils vivaient n'était plus le même. Il ne le reconnaissait pas.

Les humains qui, jadis, s'étaient battus pour

défendre leur fragile existence contre des éléments plus puissants, avaient pris le contrôle de ce monde. Ils ne dépendaient plus pour survivre de la chasse, de la pêche et de la culture de pauvres lopins de terre. Ils ne se cachaient plus dans des huttes, terrifiés par les tempêtes, et ils n'étaient plus limités par leur peu d'endurance et de vitesse physiques.

Ils vivaient dans de vastes structures solides, commandaient des machines puissantes qui travaillaient pour eux et les emmenaient à travers leur monde, plus vite que le vent qu'il était lui-même devenu.

Pourtant, malgré cet incroyable progrès, ils restaient des humains, et le pouvoir que possédait Athulak de bouleverser leur destinée n'avait en rien diminué.

La sorcière, cependant, était humaine, songeait-il avec amertume alors qu'il se tenait près du plafond de la pièce qu'elle occupait avec les autres. S'il avait continué d'habiter le corps d'un homme, les étranges objets que les trois femmes chamans possédaient auraient attiré son attention, mais la boîte pleine de ces formes sombres ne captait nullement son intérêt. L'absence de distraction matérielle était un avantage qu'il commençait tout juste à apprécier tandis qu'il attendait et observait.

— Il vaut mieux que tu te reposes un peu, Phoebe.

La femme qui pouvait figer le temps réunit les tasses et se leva.

— Je ferai très bien les courses toute seule.

— Peut-être, mais je n'ai plus envie de rester ici à ne rien faire.

La voyante se tourna vers la troisième femme.

— Et toi, Prue, tu as envie de te balader ?

— Je ne sais pas si on peut qualifier le supermarché de lieu de balade, reprit Piper.

La créature aux yeux bleus s'empara d'une lourde sacoche rangée dans le vestibule.

— J'aimerais bien, dit-elle, mais il faut d'abord que je développe le film sur Tremaine. Gil voudrait avoir les épreuves demain sur son bureau.

— Dommage, dit la voyante.

— Oui, c'est dommage, reprit Piper. Et les photos que tu as faites du *P3*, elles seront prêtes pour samedi ?

— Bien sûr.

Glissant la courroie de sa sacoche par-dessus son épaule, la femme qui faisait bouger les choses avec son esprit se dirigea vers la porte.

— Et, si elles ne te plaisent pas, continua-t-elle, je pourrais toujours en prendre d'autres ce soir ou demain.

— Je n'aime pas trop quand tu fais les choses

au dernier moment, tu sais, lui lança Piper en la suivant dehors.

Athulak s'approcha lorsque la voyante appelée Phoebe rejeta la tête en arrière et ferma les yeux. Il se mit alors à scintiller, impatient de constater que la tragique cascade avait bien commencé. Mais il n'y eut rien, aucun signe.

Contrarié, il passa devant elle avec une vibration imperceptible et se glissa au travers d'une des grilles de ventilation disposées sous le plafond. Tout en se faufilant le long d'un tuyau métallique, jusqu'à un autre évent qui le conduirait à l'extérieur, il se rappela que cette femme était une sorcière. Elle finirait, elle aussi, par être détruite. Mais cela prendrait un peu de temps.

4

Poussant un Caddie devant elles, les deux sœurs Halliwell passèrent les portes automatiques du supermarché. Piper sortit une liste de son sac et y jeta un coup d'œil rapide pour se rafraîchir la mémoire.

— Pourquoi toutes ces bonnes choses ? lui demanda Phoebe en regardant par-dessus son épaule. On fait une fête ? Quand ?

— Non, tu penses, répondit-elle d'un air désabusé. C'est juste au cas où Léo se pointerait. De deux choses l'une : soit il déboule et je lui bourre l'estomac avec tout ce que j'aurai acheté ; soit je me retrouve toute seule, comme d'habitude, et c'est moi qui me gave de tout ça.

— Cool ! De toute façon, j'ai gagné ! J'adore toutes ces petites gâteries.

— Alors, je devrais peut-être en prendre le double.

— Le triple, oui ! On ne va pas dévorer tout ça sans Prue. Tu imagines la scène qu'elle nous ferait ?

— Je préfère ne pas y penser, sourit Piper. Au fait, tu peux me rappeler de téléphoner au grossiste, demain ? J'ai commandé toute une série d'amuse-gueules pour la kermesse, et je ne voudrais pas qu'il se plante.

— Quel genre d'amuse-gueules ?

— Des feuilletés, des saucisses, des pruneaux au lard, des pains surprise… le bazar habituel, quoi.

— Waouh ! s'exclama Phoebe. Quel luxe ! Tu ne crois pas qu'avec des chips et quelques sauces, on aurait fait plus simple… et moins cher ?

— Plus simple, moins cher et totalement ringard.

— Oui, je sais, mais le *P3* est un club. Une clientèle branchée, des groupes super, de la techno… personne ne va là-bas pour manger.

— Peut-être, mais il faut bien attirer les gens de la kermesse vers notre stand, sinon ils ne sauront jamais que le *P3* est un club génial.

Tendant sa liste à Phoebe, Piper ajouta :

— Alors, il faut leur trouver quelque chose de cool à grignoter.

— Bon, c'est toi la patronne, admit-elle sur un ton peu convaincu.

Elle attrapa le bout de papier que lui tendait sa sœur et la suivit vers le rayon des pâtisseries.

— Et si on prenait un peu de ces…

— Attends ! lui dit soudain Phoebe en la retenant par le pan de sa veste.

— Qu'est-ce que tu fais !?

Piper s'interrompit net quand un Caddie débouchant d'une allée fonça soudain sur elle avant de lui couper le chemin. Le client qui le poussait, un homme mal rasé, vêtu d'un jean déchiré et d'un T-shirt crasseux, ne daigna ni s'excuser ni même la regarder. Sans ralentir, il saisit au vol un paquet de pain de mie et continua sa course vers les caisses.

Révoltée, Piper éprouva une furieuse envie de le figer sur place avant qu'il ne heurte vraiment quelqu'un dans le magasin, quand une pensée soudain l'arrêta : si Phoebe ne l'avait pas retenue, ce maniaque lui serait carrément rentré dedans avec son Caddie.

Elle se tourna vers sa sœur et demanda :

— Tu savais ?

— Oui. J'ai eu un flash quand tu m'as donné ça.

Elle lui montra le bout de papier sur lequel Piper avait écrit sa liste de courses.

— Impact majeur avec le Caddie d'un vieux

fou. Vlan ! Pile dans les gâteaux à la crème disposés sur le comptoir. Et un poignet de cassé, un !

— Il m'a heurtée si fort que ça ? interrogea Piper d'une voix tremblante.

Ce magasin était l'un des endroits où elle s'était toujours sentie en sécurité, à l'abri du mal qui les harcelait régulièrement. Cela faisait si longtemps… Elle n'arrivait même plus à regretter les années d'insouciance et de bonheur, lorsqu'elle était encore une jeune fille ordinaire qui rêvait de se marier et d'avoir des enfants. Elle essayait de vivre aujourd'hui comme si rien n'avait changé, comme si elle n'était pas devenue une sorcière douée de pouvoirs surnaturels et… dotée d'un mari tout aussi surnaturel, qu'elle ne voyait qu'en coup de vent. Cependant, l'intrusion de cet étranger dans ce qu'elle considérait comme un havre de paix la mettait terriblement mal à l'aise. Sans qu'elle comprenne vraiment pourquoi.

— Il a *failli* te heurter, corrigea Phoebe.

— C'est vrai. Merci.

Piper décida néanmoins de ne pas laisser cet incident lui gâcher sa journée. Cet homme avait beau être un abruti, il n'était pas un de ces démons méprisables que les Charmed passaient leur temps à combattre. Entre Léo qui lui manquait et les préparatifs d'installation de leur stand pour la kermesse, elle avait de toute façon autre chose à penser.

— Ça va ? lui demanda Phoebe. Tu as l'air contrariée. Tu me diras, je te comprends.

— Oui, ça va… Je suis juste un peu inquiète à cause de tout ce qu'on a encore à faire d'ici à samedi. Allez, on finit ces courses et on est parties.

— Ce n'est pas moi qui m'en plaindrai, déclara Phoebe avant de vérifier que l'allée qu'elles s'apprêtaient à croiser était libre.

Tandis qu'elles continuaient leurs achats, Piper ne cessait de se poser des questions sur ce qui venait de se passer. Ce n'était pas la première fois que Phoebe, grâce à une de ses visions, la tirait, elle ou Prue, d'un mauvais pas. Et ce n'était certainement pas la dernière non plus. Mais elle ne pouvait s'empêcher de songer à quel point leurs vies étaient anormales. Quoi qu'elle fasse, tout lui rappelait que les Charmed étaient des êtres à part. Comment même prévoir un dîner romantique avec Léo alors qu'elle ne savait jamais quand il allait apparaître – ou disparaître à nouveau ?

— Tu veux prendre ça pour Léo ? lui demanda Phoebe en jetant dans le Caddie deux boîtes de barres de céréales.

— Tu sais aussi lire dans les esprits, maintenant ? s'étonna Piper, amusée. J'étais justement en train de penser à lui.

— Tu penses toujours à lui, la taquina-t-elle. Il te manque vraiment, hein ?

— Oui, mais je sais qu'il reviendra dès qu'il pourra, répondit-elle en se détournant. Je crois que le pain noir est par là-bas.

— Hum, j'adore ça ! On en prend dix tonnes.

— Ça marche.

Piper, Prue et Phoebe raffolaient de ce pain que leur préparait leur grand-mère, quand elles étaient gamines. Elles y étalaient d'épaisses couches de crème de fromage et s'en délectaient à l'heure du goûter. Les trois filles avaient toujours apprécié le côté « non-magique » de la vieille femme, et le souvenir charmant qu'elles en gardaient les aidait à franchir le fossé entre ce monde et l'Autre, depuis qu'elle avait disparu.

— Avec ça, je crois que je vais devoir passer ma semaine à faire de la gym, dit Phoebe en se tapotant l'estomac.

— Tu n'as qu'à t'en passer.

— Impossible. La vie est trop courte pour ne pas se faire plaisir de temps en temps.

Piper n'allait pas prétendre le contraire. En suivant Phoebe à travers les allées du magasin, elle se remit à penser à Léo. Il lui manquait terriblement et, parfois, elle se demandait s'il se rendait compte à quel point cette séparation lui était pénible, à elle. Ce n'est qu'en rejoignant, un jour, son cher Être de Lumière dans son quartier général qu'elle s'était aperçue que le temps y passait beaucoup plus lentement que dans le monde des mortels. Cela faisait deux semaines qu'elle n'avait pas vu Léo mais, pour lui, à peine une journée s'était écoulée.

À moins qu'il ne se trouve quelque part ici, sur terre, pour une autre mission, se dit-elle.

— Il ne nous manque plus que des légumes et on a fini, annonça Phoebe en rayant la fin de sa liste.

— Tant mieux, commenta Piper en oubliant un peu de se lamenter sur son sort. On n'aura plus qu'à rentrer et passer aux choses amusantes.

— Oui, c'est ça : manger !

Devant le rayon des légumes, Phoebe avisa un jeune employé qui installait des herbes fraîches dans un bac.

— Hum... idéal pour la sauce au fromage blanc, murmura-t-elle en s'approchant de lui. Ce bouquet de ciboulette, je pourrais l'avoir, s'il vous plaît... avant qu'il ne disparaisse sous celle qui attend depuis hier ?

Surpris par l'assurance qu'elle montrait, mais se sentant dans l'impossibilité de le lui refuser, le garçon le lui tendit d'un air maussade.

— Voilà, articula-t-il sans esquisser le moindre sourire.

Occupée à choisir des tomates, Piper avait laissé Phoebe se débrouiller avec lui. Après tout, elle savait très bien s'y prendre, quand elle voulait. Mais, au bout de quelques secondes, ne la voyant pas revenir en brandissant son trophée, elle se retourna pour voir le jeune employé repartir tranquillement vers la réserve.

Le bouquet de ciboulette gisait sur le sol.

Et Phoebe, les yeux clos, la respiration haletante, s'agrippait désespérément au bord du présentoir.

— Phoebe, qu'est-ce qu'il y a ? s'écria-t-elle. Tu as une autre vision ? Ce n'est pas possible !

Mais sa sœur entendit à peine le cri alarmé de Piper tant elle était secouée par les images violentes qui la submergeaient depuis... qu'elle avait effleuré la main du jeune garçon. Elle le voyait hurler en silence, tandis que son corps se faisait lentement broyer par d'énormes parois métalliques mouvantes !

Une deuxième vision l'avait frappée de plein fouet et lui emprisonnait l'esprit dans une sorte d'étau diabolique. Pourtant, peu à peu, comme les autres, elle se dissipa, laissant la pauvre Phoebe pantelante, le visage blême et inondé de sueur.

Piper la saisit à bras-le-corps pour l'empêcher de s'effondrer.

— Qu'est-ce qui se passe, enfin ? lui demanda-t-elle.

Quand les effets de sa prémonition se furent totalement dissipés, Phoebe se ressaisit et regarda autour d'elle.

— Où est-il ?

— Qui ça ? Le gamin ? Je l'ai vu entrer dans la réserve.

— Viens vite. Il va être réduit en bouillie si on ne l'arrête pas !

Titubant vers les grandes portières de plastique qui ouvraient sur l'entrepôt du magasin, elle s'y engouffra, suivie de Piper qui lui lança :

— Mais… arrêter quoi ?

— Ça ! répondit Phoebe en lui indiquant un semi-remorque en train de reculer vers la plate-forme de déchargement.

La veille, la catastrophe avait surgi au galop sur le dos d'un poney fou furieux. Aujourd'hui, telle une bombe à retardement, elle se cachait sous le capot du quinze tonnes qui s'apprêtait à décharger sa marchandise.

Phoebe repéra le jeune employé, debout sur la plate-forme, en compagnie d'un homme en cravate et en bras de chemise. *Le chef d'entrepôt*, supposa-t-elle avant d'en aviser un autre, assis un peu plus loin sur un élévateur à fourche.

Elle hésita puis comprit soudain qu'il y avait quelque chose d'anormal à cette scène. Dans sa vision, le gamin se trouvait debout sur le sol, à l'extérieur, et non sur le bord de la plate-forme, et le camion l'écrasait contre le mur du bâtiment. Comme pour répondre à son interrogation, l'homme à la cravate jeta un coup d'œil dehors et lança :

— Barry, pousse ces cageots de l'autre côté. Il n'ont rien à faire ici.

— D'accord, m'sieur.

Comme il sautait à terre pour aller déplacer les caisses, son chef se tourna vers l'élévateur.

— Non ! hurla alors Phoebe. Faites-le bouger de là !

Barry leva la tête, oubliant totalement le chauffeur qui continuait de faire reculer son engin vers la zone de déchargement.

— Désolé, mesdames, c'est interdit, ici ! Vous ne pouvez pas rester là…

— Piper ! s'écria Phoebe en jetant un regard vibrant à sa sœur.

Figer un semi-remorque et quatre personnes à la fois, c'était peut-être un peu trop pour Piper. *D'accord, beaucoup trop*, reconnut Phoebe. Mais elles n'avaient pas le choix. Si elles n'agissaient pas immédiatement, Barry serait bientôt à ramasser à la petite cuiller.

— Vas-y, Piper ! Vite !

— C'est parti.

Piper grimaça, se concentra et leva les bras devant elle.

Phoebe courait déjà vers le gamin quand la scène se figea brusquement.

— Il faut se dépêcher, lança Piper alors qu'elles atteignaient ensemble le bord de la plateforme. C'était une halte un peu brutale et je ne sais pas combien de temps ça va tenir.

— Assez longtemps, j'espère.

Phoebe s'accroupit et sauta à terre, en regrettant que Prue ne soit pas là. Barry aurait peut-être récolté quelques contusions si elle l'avait dégagé de là d'une puissante pichenette, mais c'était sans doute mieux que de se faire aplatir par un camion. *Et maintenant*, songea-t-elle en saisissant le garçon par un bras, *c'est moi qui me trouve dans la zone critique*.

Piper bondit alors à sa rescousse et attrapa Barry par l'autre bras.

— Allez, viens, mon grand.

Les deux sorcières parvinrent à l'écarter pile au moment où le camion reprenait vie. Le moteur fit entendre un rugissement d'enfer.

— Quoi… ? Qu'est-ce qu'elles font ? demanda

l'homme à la cravate en voyant Phoebe et Piper disparaître sous ses yeux.

La plupart du temps, elles essayaient de retrouver leur position initiale avant que les autres ne se réveillent, mais ce n'était pas toujours possible. *Tant pis*, se dit Phoebe au moment où Barry dégringolait en arrière, entraînant les deux sœurs dans sa chute.

Les freins du semi-remorque grincèrent quand il s'arrêta devant l'ouverture béante de l'entrepôt.

La tête émergeant de sous le gamin qui n'y comprenait rien, Phoebe lança à Piper :

— Recommence !

Elle acquiesça, leva les mains et, de nouveau, figea tout le monde. Puis elle se releva, repoussa une mèche de son front et articula :

— Et maintenant ?

En grommelant, Phoebe poussa doucement Barry de côté, se dégagea et bondit sur ses pieds.

— On court ! lâcha-t-elle avant de se ruer vers l'échelle fixée à la plate-forme.

De retour dans l'entrepôt, elles passèrent en courant devant les deux hommes encore immobilisés, et se précipitèrent vers l'entrée du magasin. Discrètement, elles reprirent leur Caddie abandonné devant la portière de plastique et, s'efforçant de marcher tranquillement, s'enfilèrent dans la première allée venue.

— Plus vite on sera sorties d'ici, mieux ce sera, déclara Piper en pressant le pas.

— Et les légumes ?

— On passera en prendre chez Sam, avant de rentrer à la maison.

Une fois à la caisse, Phoebe déchargea leurs achats à toute vitesse sur le tapis roulant tandis que Piper passait déjà de l'autre côté pour ranger les sacs en plastique dans le Caddie.

Lorsque toutes les marchandises furent passées, Phoebe sortit sa carte de crédit et la tendit à la caissière. Mais, à l'instant où leurs doigts s'effleurèrent, elle fut saisie d'une nouvelle et violente vision. Elle oscilla légèrement tandis qu'une image lui traversait l'esprit comme un flash. Si vite qu'elle n'eut pas vraiment le temps de distinguer ce qui se passait.

... du sang, qui s'écoule d'une plaie...

— Vous... ça va, madame ? lui demanda l'employée en la voyant pâlir subitement.

Phoebe secoua la tête, cligna des yeux et répondit :

— Oui, oui... ça va. Merci.

Puis, lui souriant, elle ajouta :

— Faites attention aux objets pointus.

— Euh... oui, répondit-elle sur un ton intrigué.

— Prête ? lui demanda Piper qui s'impatientait au bout de la caisse.

— Oui, on est parties, dit-elle en la rejoignant.

Devant les portes coulissantes, Phoebe se retourna instinctivement pour s'assurer que personne ne les suivait.

Derrière elle, la caissière, qui était en train de changer le rouleau de sa machine, poussa un petit cri. Elle venait de se couper sur le côté tranchant du papier qu'elle déroulait, et une goutte de sang coulait de son index.

Prue adorait la tranquillité du labo photo qu'elle s'était installé dans la cave du manoir Halliwell. À l'exception des intrusions occasionnelles de démons qui cherchaient à l'exterminer, ce qu'elle considérait comme son antre professionnel était parfaitement isolé de ce qui pouvait se passer à l'extérieur. Même ses sœurs, qui n'avaient en général aucun scrupule à fouiner dans sa salle de bains ou dans sa chambre pour lui emprunter du maquillage ou des habits, respectaient le petit espace qu'elle se réservait – à moins, bien sûr, d'une crise grave.

Tout en jetant un coup d'œil sur les négatifs de Stephen Tremaine qu'elle s'apprêtait à développer, Prue songea qu'elle avait une chance extraordinaire. Après des années passées au service d'un patron, elle avait pris le risque de travailler en free-lance. La photographie était sa passion, et l'évolution de sa carrière lui semblait à la fois exaltante et… terrifiante.

— Comme si ma vie n'était pas déjà assez angoissante, murmura-t-elle.

La transition entre un salaire régulier et l'argent qu'elle touchait pour chaque mission – quand elle en avait une – n'avait pas été facile. Obtenir les bonnes grâces du rédacteur en chef du *415* l'avait aidée, bien sûr. Et son reportage sur Tremaine, le candidat au Congrès, était crucial pour la poursuite de sa carrière.

Gil et Tremaine allaient adorer ces photos, Prue en était certaine. Elle accrocha le dernier cliché aux pinces fixées à la corde. La lumière et les angles adoucissaient le visage austère du politicien, ce qui n'allait pas manquer de satisfaire son orgueil. Sur celui-ci, elle était parvenue à fixer son image alors qu'il se prenait à admirer la statuette primitive. Son expression avait une qualité humaine qui, d'habitude, ne ressortait pas sous ses airs sévères. Si elle n'avait pas été au courant de ses appartenances politiques, elle aurait sans hésitation voté pour lui.

— Malheureusement, M. Tremaine, vos idées ne m'inspirent pas une seconde, soupira-t-elle. Pas d'affinités, pas de vote. Désolée.

Elle fronça soudain les yeux en contemplant le

cliché de plus près. La petite tache claire au milieu de la prunelle gravée dans la pierre était si légère qu'elle ne l'avait pas remarquée, au premier regard. Mais, à présent, elle lui sautait aux yeux. Inquiète, Prue s'empressa d'achever le développement des trois photos restantes. Pour découvrir chaque fois une tache de plus en plus large, qui, sur le dernier cliché, avait pris la forme d'une fine traînée gris pâle.

Un défaut dans le film ? se demanda-t-elle en déroulant la fin de la pellicule. Elle n'avait jamais eu aucun problème avec les rouleaux de films professionnels dont elle équipait son appareil, mais cela ne voulait pas dire que c'était impossible.

Pas plus que n'était impossible quelque chose de plus sinistre encore, songea-t-elle en examinant la photo de façon plus approfondie.

Tremaine évoquait sa rivalité avec Noël Jefferson lorsque Prue avait achevé sa séance et, avec son appareil, elle avait réussi à capter sur son visage plusieurs émotions passagères. Il était passé de la fierté de posséder une telle statuette à une variété d'autres sentiments relatifs à sa campagne, qui avaient successivement peint sur son visage des airs inquiets, déterminés, contrariés et pensifs, aussi.

Non, pas pensifs, se rappela Prue. Sur le dernier

cliché, Tremaine semblait carrément… absent. Elle se souvint alors qu'il s'était ressaisi juste après, comme s'il ne s'était rien passé ; mais on ne la faisait plus à une sorcière comme elle. Trop de fois, par le passé, elle avait ignoré des « petits riens » qui s'étaient plus tard avérés très dangereux, pour les ignorer aujourd'hui.

Troublée, Prue réexamina chaque photo, avant de se concentrer complètement sur la traînée grise. Elle était positionnée de la même façon sur chacun des clichés, ce qui n'éliminait pas pour autant un défaut du film… mais qui ne le prouvait pas non plus.

Les mains sur les hanches, elle poussa un soupir exaspéré. Peut-être était-ce dû à son objectif, ou aux filtres qu'elle avait changés plusieurs fois pendant la séance.

Elle sortit une loupe d'un tiroir et observa chaque photo l'une après l'autre. Elle ne retrouva pas la même caractéristique sur toutes, mais en découvrit une autre : le haut du corps de Tremaine, ses bras et la statuette avaient pratiquement tous la même position sur les clichés, avec, chaque fois, une légère variation, cependant. Sur l'un, la tête du politicien était un peu plus penchée ; sur l'autre, son bras était un peu plus abaissé. Mais la traînée grise, elle, partait du même point de l'œil de la pierre, en s'allongeant chaque fois davantage.

Intriguée, Prue écarta la loupe et ôta son tablier. Elle ne croyait pas à ce genre de coïncidences flippantes, mais elle n'avait aucune raison de croire non plus que ces problèmes étaient dus à un défaut du film. Pourtant, cela valait le coup de s'en assurer.

Elle grimpa à la cuisine, mit de l'eau à chauffer pour le thé, alla prendre sa sacoche au salon et, rapidement, glissa dans l'appareil un des rouleaux qu'elle avait achetés en même temps que ceux qui lui avaient servi à photographier Tremaine. L'essai ne serait pas concluant si la tache n'apparaissait pas sur les nouveaux clichés, mais elle aurait au moins l'assurance que son objectif n'était pas responsable.

Après s'être servi une tasse de thé, Prue tira les rideaux pour recréer l'éclairage de la bibliothèque de Tremaine. Puis elle prit au hasard quelques photos des meubles hérités de leur grand-mère Halliwell.

5

Piper se gara devant le magasin de fruits et légumes, coupa le moteur et agrippa le bras de Phoebe qui s'apprêtait à descendre :

— Attends.

— Quoi ? Qu'est-ce qui se passe ?

— À toi de me le dire, répondit Piper en fixant sur elle un regard sévère.

Sa sœur, d'habitude si volubile, n'avait pratiquement pas dit un mot depuis qu'elles avaient quitté le supermarché.

— Qu'est-ce que tu veux que je te dise ? rétorqua-t-elle, agacée.

— Ce que tu as, pardi !

— Mais je n'ai rien ! Et puis, ne me regarde pas comme Grand-Mère. J'ai l'impression d'avoir de nouveau cinq ans.

Lorsqu'elles étaient enfants, les trois filles redoutaient l'air inquisiteur de leur grand-mère quand celle-ci les accusait de quelque sottise. Phoebe l'avait toujours soupçonnée d'avoir avec elle une force mystérieuse qui espionnait et lui rapportait tout ce qu'elle et ses sœurs pouvaient faire. À l'adolescence seulement, elle avait compris que c'était leur attitude coupable qui les dénonçait le plus souvent.

— C'était le bon temps, soupira Piper.

— Tu sais, je croyais vraiment qu'elle avait des yeux dans le dos, reprit Phoebe en riant.

— Oui, moi aussi. Mais, changer de sujet, ça ne t'aidera pas plus avec moi qu'avec Grand-Mère.

— Qu'est-ce que ça veut dire ?

— Je te trouve terriblement inquiète, depuis quelque temps. Tu ne dis rien. Et quand tu ne dis rien, c'est qu'il y a quelque chose qui t'angoisse.

— Ça se voit tant que ça ?

Elle soupira puis ajouta :

— Ne t'en fais pas, ce n'est rien.

— Phoebe ! s'écria Piper sur un ton exaspéré. On ne bougera pas d'ici tant que tu ne m'auras rien dit, même si la crème fraîche doit tourner sur place !

— Ce n'est pas en me menaçant que tu obtiendras quelque chose.

Le sourire qu'elle commençait à esquisser

s'évanouit dès qu'elle comprit que Piper ne riait pas du tout.

— D'accord, ce sont mes visions, lâcha-t-elle. Trop nombreuses, trop rapprochées, trop violentes et trop… complètement bizarres.

— Combien, ces derniers jours ? Et « bizarres » de quelle façon ?

— Trois, rien qu'au supermarché, ce matin, qui allaient d'une simple coupure à un gamin écrasé par un camion.

— Presque écrasé, corrigea Piper. Mais, à part la violence de ce qui aurait pu se passer, je ne vois pas ce qu'il y a de bizarre.

— J'ai *vu* la caissière se couper le doigt.

— Et alors ?

— Je ne sais pas, ce… c'était tellement anodin, reprit Phoebe en faisant la grimace. Mes visions ne sont jamais anodines.

— Eh bien, apparemment, elles le sont, maintenant.

Malgré l'inquiétude que montrait sa sœur, Piper ne voyait pas où était le problème. Sa propre habileté à figer les gens et les choses, et le don de télékinésie de Prue avaient spectaculairement augmenté depuis qu'elles avaient retrouvé leurs pouvoirs. Prue pouvait se téléporter à volonté ; Phoebe, depuis peu, avait la possibilité d'entrer en lévitation. Et elles seraient bien plus puissantes encore si leur grand-mère n'avait pas endormi leurs pouvoirs afin de les protéger quand elles étaient petites.

— Oui, admit Phoebe, mais pourquoi ?

— Peut-être parce que tes pouvoirs sont en train de s'affiner ! répliqua Piper en se tapant le front de la main.

— Tu crois ?

— Tu as une autre théorie à me proposer ?

— Non. Allez, on va terminer nos courses. J'ai tout d'un coup une envie folle de fruits.

Manifestement soulagée, Phoebe sauta de la voiture et suivit Piper dans le magasin.

— Alors, ton scoop au sujet du barman ? lui demanda-t-elle tout à trac.

— Ah, Rick ? Il est étudiant en psycho et prépare une thèse sur la culture pop. C'est pour ça que le job l'intéressait.

Après un petit signe au vieux Sam, le propriétaire de l'épicerie, Piper saisit un des paniers en plastique entassés près de l'entrée.

— Oh… alors, ce qui l'intéressait chez moi, c'était le sujet de recherche que je pouvais représenter, dit Phoebe, déçue.

— Peut-être, je ne sais pas. Il faudra que tu fasses sa connaissance pour le savoir.

— Rat de laboratoire ou rendez-vous d'un

soir... Il va falloir que je choisisse ce que je préfère être.

— Ah, oui, ma jolie. En attendant, on va se séparer, pour aller plus vite. Je m'occupe des légumes, et toi, des fruits. Tu veux bien ?

— Pas de problème, on se retrouve à la caisse.

Dix minutes plus tard, Piper se présentait devant le comptoir de Sam. Jetant un coup d'œil de côté, elle aperçut Phoebe qui semblait hésiter devant l'étal de fraises.

— Phoebe ! lui lança-t-elle. Dépêche-toi, il faut y aller, maintenant !

— J'arrive ! lui lança-t-elle de loin.

Devant Piper, se tenaient une jeune femme accompagnée de son fils. À la hâte, elle rangeait ses achats dans la corbeille métallique située sous la poussette de l'enfant.

— C'est un beau petit garçon que vous avez là, lui dit gentiment Sam.

— Oh... merci. Quand il veut, il peut être très sage. Allez, Nathan, il faut se dépêcher, maintenant. Papa nous attend pour aller au restaurant ; il va se demander ce qu'on fait.

— Et toi, Piper, ça va ? lui lança le vieil homme.

— Oui, ça va... quand on prend le temps de vivre, répondit-elle avec un sourire désabusé.

Elle ignorait depuis combien de temps le vieux

Sam tenait son commerce, mais il leur manquerait sûrement lorsqu'il prendrait sa retraite.

Phoebe profita de cet instant pour arriver en catastrophe, les bras chargés d'oranges, de bananes et de deux barquettes de fraises. Passant devant Piper, elle déposa le tout sur le comptoir, juste derrière la cliente qui terminait de régler ses achats à l'épicier.

— Ouf, j'ai bien cru que… Oh ! non !

Une orange, deux oranges, roulèrent par terre. Sans lui laisser le temps de réagir, la jeune femme se baissa pour ramasser ses fruits.

— Oh, merci, lui dit Phoebe. Ce que je peux être maladroite, parfois.

— Ce n'est rien, ça arrive à tout le monde.

Après un sourire aimable, elle se dirigea vers la sortie et plongea une main dans sa poche pour en sortir ses clés. Sans s'apercevoir qu'en même temps elle laissait tomber une tétine qui alla rebondir sur le carrelage.

— Hé, madame, vous avez…

À la hâte, Phoebe déposa ses fruits sur le comptoir et se baissa pour ramasser l'objet quand elle fut saisie par une nouvelle vision. Déséquilibrée, elle s'effondra à genoux, baissa la tête et ferma les yeux.

— Phoebe, qu'est-ce qui t'arrive ? interrogea Sam en écarquillant de gros yeux ronds.

Piper se rua sur sa sœur et s'agenouilla pour la soutenir. C'est alors qu'elle aperçut la tétine tombée par terre. Il lui faudrait attendre que Phoebe ait retrouvé ses esprits pour savoir quelles violentes images lui avaient encore traversé la tête, mais une chose était sûre : il allait arriver quelque chose au petit Nathan.

— Phoebe, s'il te plaît, qu'est-ce que tu as vu ?!

— Un… un accident… de voiture.

Elle se redressa d'un bond et regarda du côté de la rue. La mère de Nathan venait de démarrer et s'apprêtait à sortir du parking pour s'engouffrer dans le boulevard encombré de véhicules.

— On y va !

— Garde nos affaires, Sam, lui cria Piper. On revient !

Une fois dans la voiture, leur ceinture bouclée, elle mit le moteur en route et demanda à Phoebe :

— Par où ?

— Je n'en sais rien. Ah, si, là-bas ! Dépêche-toi, on risque de la perdre !

Un nœud dans l'estomac, Piper revit le joli visage du petit garçon. Elle s'en voudrait à mort, s'il lui arrivait quoi que ce soit. Les graviers giclèrent sous ses roues tandis qu'elle faisait marche arrière. Arrivée devant la sortie, elle freina brutalement et, de rage, tapa des poings sur le volant.

Une circulation infernale l'empêchait de sortir du parking.

— Heureusement qu'elle est arrêtée au feu, observa Phoebe d'une voix nerveuse. S'il passe au vert trop vite, c'est fichu.

— On y va, accroche-toi !

Le moteur hurla, les pneus crissèrent tandis que Piper jetait sa voiture entre deux véhicules. Ignorant les furieux coups de klaxon qui l'accueillirent, elle se glissa dans la file de droite… à quelques mètres derrière celle de la jeune femme. Qui démarra juste à cet instant.

— Fonce ! cria Phoebe.

— Hé, je fais ce que je peux ! Maintenant, ça ne dépend plus de moi.

— Elle met son clignotant. Elle va tourner à droite au prochain feu !

— O.K., compris !

Maintenant qu'elle avait le mini-van en vue, Piper pouvait tenter d'anticiper comment et où se passerait l'accident.

— Qu'est-ce qu'il faut surveiller, d'après toi ?

— Je ne sais pas, répondit Phoebe. Je ne sens rien du tout. Je ne reconnais rien.

— Peut-être que ça ne va pas arriver tout de suite, suggéra Piper que la circulation avait, une nouvelle fois, forcée à s'arrêter.

Ou alors, après tant d'émotions, le cerveau de

sa sœur commençait à devenir spongieux. Quatre visions en quelques heures, c'était un record !

— Non, reprit-elle, je suis presque sûre que…

Le hurlement d'une sirène l'interrompit.

— Voilà ! s'exclama-t-elle. Le camion des pompiers ! Il arrive par là-bas, tu vois ?

Elle lui indiqua la rue qui coupait la leur, sur la gauche. Une dizaine de voitures avaient déjà stoppé, malgré le feu qui venait de passer au vert.

— Mon Dieu… s'étrangla Phoebe. Elle va tourner à droite et se retrouver pile sous le nez du camion de pompiers !

Piper ferma un instant les yeux. C'était sans espoir. Avec quatre ou cinq voitures entre elles et celle de la jeune femme, et seulement quelques secondes avant l'impact, empêcher la collision semblait impossible. À moins qu'avec ses pouvoirs…

Mais comment figer un carrefour entier avec tous les véhicules et les gens qui s'y trouvaient ? Elle n'y arriverait jamais !

D'un autre côté, elle ne pouvait pas rester là, immobile, sans rien tenter.

— Prends le volant, Phoebe !

Sans autre explication, Piper ouvrit la portière, dégringola de l'auto et, comme une dératée, remonta la rangée de voitures qui la séparaient de celle de Nathan et de sa maman. Du coin de l'œil, elle aperçut le géant rouge qui, toute sirène hurlante, déboulait du fond de la rue… à l'instant précis où le mini-van gris repartait.

— Ce n'est pas vrai, je rêve ! lâcha-t-elle, hors d'haleine.

Comment cette femme pouvait-elle être inconsciente à ce point pour démarrer à ce moment-là et risquer sa vie et celle de son fils ? Ou alors, elle n'entendait pas la sirène parce qu'elle avait mis sa radio trop fort ou que Nathan criait ? Sans chercher plus loin, Piper leva les mains et figea le mini-van.

Le camion de pompiers traversa le carrefour en rugissant.

Épuisée par sa course, Piper trouva malgré tout la force de rendre vie au véhicule, qui redémarra pour stopper pile devant le feu qui venait de passer au rouge. La jeune femme était sans doute loin d'imaginer qu'elle et son fils venaient de frôler la mort.

Tremblant sur ses jambes, Piper observa un instant le mini-van, puis regagna sa voiture qui l'attendait à quelques mètres de là. S'affalant sur le siège du passager, elle poussa un profond soupir de soulagement.

— Pas mal vu, lui dit Phoebe d'un air tranquille. On retourne récupérer nos fraises chez Sam ?

— Nos fraises, nos carottes et nos poivrons, corrigea Piper. Et tes oranges, aussi.

— Oui, mes oranges… Au fait, dis-moi comment est ce Rick. Grand, bronzé, séduisant, comme je l'imagine ?

Phoebe déposa leurs achats dans la cuisine, heureuse de retrouver le calme du manoir. Un mal de tête persistant la titillait depuis qu'elles étaient ressorties du magasin de Sam.

— Où est Prue ? demanda-t-elle.

— Encore dans son labo, je suppose, répondit Piper en ouvrant le réfrigérateur. En attendant, toi, tu as l'air d'être anéantie.

— Je me sens un peu vidée, c'est vrai. Ça t'ennuie si je te regarde travailler seule ?

— Pas du tout, repose-toi un peu. Je te fais du thé ?

Phoebe acquiesça. Une tasse de thé, de l'aspirine et une bonne sieste feraient à coup sûr disparaître sa migraine. Se laissant tomber dans la chaise à bascule de la cuisine, elle ramena les genoux sous son menton et, du coin de l'œil, avisa Prue qui remontait du sous-sol. Elle semblait contrariée.

Piper mit la bouilloire en route et s'assit à son tour, aussitôt imitée par Prue.

— Tu fais la même tête que moi quand je viens de rater un soufflé, lui dit-elle. Qu'est-ce que ça donne, tes photos de Tremaine ?

— Ça donne bien, répondit-elle en étalant les clichés sur la table. Enfin, presque tous.

— Dis donc, il ressemble au canapé du salon, ton politicien ! s'esclaffa Phoebe. Pourquoi as-tu photographié tous ces meubles ?

— Elles sont bonnes, commenta Piper de l'air le plus sérieux du monde. Tu as réussi à saisir l'essence même de la table basse. Bravo.

— Écoutez, les filles, je n'ai pas envie de blaguer. Ces photos, c'est juste pour vérifier que mes films et mes objectifs n'ont pas de défaut.

— Ils m'ont l'air très bien, reprit Phoebe.

— Oui, justement. C'est là qu'est le problème.

— Ah bon, il y a un problème ? interrogea Piper en se levant pour éteindre le feu sous la bouilloire qui sifflait.

— Oui, répliqua Prue avant de sortir la photo de Tremaine tenant à la main son trophée. Regardez.

— Qu'est-ce que c'est que ça ? demanda Piper.

— Une statuette sacrée qui viendrait d'Amérique du Sud. D'après lui, elle aurait des milliers d'années.

Curieuse, Phoebe sortit ses lunettes de son sac et regarda la photo de plus près. La traînée gris pâle apparut alors nettement au milieu de l'image.

— Il y a une tache, là, on dirait.

— Exactement.

— Dommage, commenta Piper. C'était un beau cliché. Je suis sûre que Tremaine l'aurait adoré.

— Ce n'est pas ça qui m'ennuie, pour tout vous dire.

Ses sœurs la considérèrent d'un air intrigué.

— Cette photo est très bien ; elle est réussie, même. Ce qui me gêne, c'est cette traînée. Comme je suis sûre que mon objectif est nickel, c'est soit un défaut du film lui-même, soit…

— Autre chose, enchaîna Piper.

Phoebe sentit son mal de tête redoubler d'ardeur. Pour les Charmed, « autre chose » était souvent mauvais signe. Très mauvais signe.

6

L'atmosphère sereine et studieuse de la bibliothèque calma les nerfs à vif de Prue quand elle s'installa avec Phoebe à une table tranquille, dans le fond de la salle. Son pouls battait encore à cent à l'heure après leur course à travers le campus universitaire pour empêcher un étudiant de se faire écraser par une gigantesque branche d'arbre.

Phoebe se laissa lourdement tomber sur la chaise et se prit la tête entre les mains.

— Tu es sûre que ça va ? lui demanda Prue en jetant sur la table son sac et le classeur contenant les photos de Tremaine.

— J'ai juste un peu mal au crâne, comme tout à l'heure, mais ça ira.

Elle sortit les clichés du dossier et ajouta :

— Allons chercher ces bouquins, qu'on puisse retrouver à quoi ressemblent ces traces étranges.

Le sourire jaune de Phoebe ne rassura pas du tout Prue sur l'état de ses méninges, mais elle décida néanmoins de la laisser tranquille jusqu'à ce qu'elles soient de retour chez elles. Cette menace inconnue qui était tapie quelque part avait, pour le moment, plus d'importance qu'un simple malaise.

— Peut-être qu'on court après du vent, suggéra-t-elle.

— Oui, peut-être, mais au moins peut-on le faire en restant assises, soupira Phoebe.

— Toi, tu restes assise. Moi je vais chercher de quoi nous instruire. Ne bouge pas, je reviens.

Prue avait cru halluciner quand ses deux sœurs lui avaient raconté leur virée de courses qui s'était transformée en véritable cauchemar. Il se passait parfois des semaines entières sans que Phoebe ait la moindre vision. Et, aujourd'hui, elle en avait eu cinq ! C'était évident : ses pouvoirs aussi allaient s'accroître. Il lui fallait simplement un peu de temps pour s'adapter à sa nouvelle sensibilité.

Ça ne va pas être facile pour nous non plus, se dit Prue en fouillant parmi les livres d'anthropologie et d'archéologie. Sauver les gens d'une catastrophe imminente faisait toujours partie intégrante de leurs missions, mais elles allaient bientôt devoir prendre des décisions sur les mérites de chacune.

Elle porta son choix sur quatre œuvres qui traitaient de la culture sud-américaine, puis repensa à ce qui s'était passé un peu plus tôt. Les Charmed, quoi qu'il arrive, ne devaient-elles pas être toujours prêtes à bondir dès qu'un événement menaçait la vie de l'un ou de l'autre ? Parfois, tout cela lui semblait bien lourd.

Un courant d'air aussi soudain que glacé la fit alors frissonner. Serrant les livres contre sa poitrine, elle se dépêcha de retourner vers la table où l'attendait Phoebe.

— Alors, qu'est-ce qu'on a ici ? demanda celle-ci, ses lunettes perchées sur le bout du nez. *Civilisations perdues de l'Amazonie*. Ça ne m'a pas l'air mal, tout ça.

— Attends, lui dit Prue en s'asseyant en face d'elle. On va peut-être découvrir que cette statuette n'est qu'un ancien pilon qui servait à écraser du grain, ou quelque chose du genre.

— Beaucoup de bruit pour rien, donc, commenta Phoebe en parcourant de son index le vieux volume poussiéreux. Ça changerait un peu de notre routine, non ?

— Notre routine… c'est ça, grimaça Prue. En tout cas, je me ferais un plaisir d'annoncer à Stephen Tremaine que sa précieuse pierre n'est qu'un vulgaire presse-papiers ou un ustensile de cuisine.

— Détecterais-je par hasard une trace d'intérêt pour ce monsieur ? interrogea Phoebe en la regardant par-dessus ses lunettes.

— Oh, je ne suis pas en manque à ce point, détrompe-toi. Ce qui me perturbe, en ce moment, ce serait plutôt ce courant d'air froid qui nous arrive dessus. Tu ne sens rien ?

— C'est l'air conditionné. Il est peut-être trop fort.

— Mais il n'y a aucune bouche de ventilation, dans ce coin. C'est bizarre.

Prue se frotta les bras en se disant que, peut-être, ces menaces – démoniaques ou non – commençaient à lui faire perdre la raison. Bientôt, on allait devoir l'enfermer…

— Allez, on rentre, déclara-t-elle au bout d'un moment en réunissant ses affaires. Je pourrai continuer ces recherches à la maison et, toi, tu pourras soigner ta migraine, en attendant.

— Bon plan, répondit Phoebe avant de refermer le livre d'archéologie.

Une fois dehors, Prue accueillit avec plaisir l'air tiède et ensoleillé de l'après-midi. La vue des étudiants qui se baladaient ou se prélassaient sur la pelouse du campus l'aida à oublier l'impression sinistre qui l'avait étreinte dans la bibliothèque. D'une manière ou d'une autre, elle allait devoir maîtriser l'espèce de paranoïa qui lui soufflait qu'un démon prêt à agir se cachait sous chaque pierre qu'elle rencontrait.

Athulak glissait en flottant à travers les canyons de la grande cité, écoutant les paroles vaines et inutiles des humains qui se pressaient dans les rues. Assez vite, il avait pris goût à sa nouvelle apparence venteuse. Aucune barrière ne l'arrêtait, aucun homme, aucune femme ne le craignait ni ne reconnaissait son contact.

Les sorcières, elles, devinaient sa présence, mais elles ignoraient aussi bien son nom que le pouvoir qu'il détenait. Comme les centaines d'autres dont il avait satisfait les imprudents souhaits, la voyante ne savait pas que, lorsque les paroles de Tremaine avaient libéré son esprit diabolique de la pierre qui le retenait prisonnier, personne ne pouvait plus arrêter le cours des choses.

Excepté la magie des trois.

Mais cela ne troublait guère Athulak, qui se laissait tranquillement porter par les courants chauds flottant au-dessus de la ville.

Car, ce que les sorcières ignoraient, elles ne pouvaient pas l'arrêter.

7

Absorbée par sa lecture, Prue avala sans réfléchir une longue gorgée de café. Le liquide froid la fit sursauter.

— Ah, dégoûtant ! s'écria-t-elle en reposant sa tasse sur la table de la cuisine. Ce truc est glacé !

— Tu as trouvé quelque chose, lui demanda Phoebe en bâillant.

— Rien, zilch, nada ! Même pas la trace d'un espoir !

Se calant sur le dossier du fauteuil à bascule, Prue ferma le livre et le poussa de côté. Le monceau de documents qu'elles avaient empruntés à la bibliothèque leur avaient fourni une tonne de renseignements sur les anciennes tribus sud-américaines, mais pas le moindre indice sur une pierre sculptée qui ressemblerait à celle de Stephen Tremaine.

— C'est peut-être qu'il n'y a rien à trouver sur

ce bonhomme de pierre, commenta Phoebe en allumant le feu sous la bouilloire. Si c'est bien un bonhomme, et non pas un presse-papiers, un pilon ou je ne sais quoi d'autre.

— Les anciennes civilisations sud-américaines n'utilisaient pas de papier, que je sache, déclara Prue en lui tendant sa tasse de café froid. Tu veux bien me jeter ça, s'il te plaît ?

— Quoi, ce n'est pas bon ? plaisanta-t-elle en vidant le reste du café dans l'évier. Tu veux du thé, à la place ?

Prue secoua la tête et se remit à contempler l'étrange photo de Tremaine. Peut-être Phoebe avait-elle raison. Peut-être ce prétendu objet sacré n'était-il qu'un vulgaire caillou sculpté, qui n'avait d'exceptionnel que son origine et son âge. Cette traînée gris pâle n'était peut-être due qu'à une mauvaise qualité du film qu'elle avait glissé dans son appareil.

Pourquoi chercher le mal partout ? songea-t-elle. Les trois sœurs avaient déjà assez à faire avec les prémonitions de Phoebe qui semblaient se multiplier, en ce moment. Prue lui jeta un coup d'œil rapide. Appuyée contre le comptoir, elle se massait lentement la nuque.

— Tu n'as pas dormi ? lui demanda-t-elle.

— Si, un peu, fit-elle en se laissant tomber sur une chaise avant de bâiller à nouveau. Simplement, mes neurones n'ont pas encore eu le temps de réaliser ce qui leur arrivait.

Risquer leur vie pour sauver des gens en danger de mort, les trois sorcières l'acceptaient. Mais, se précipiter dans un chaos infernal dix fois par jour pour empêcher des incidents aussi insignifiants qu'une coupure au doigt ou une cheville tordue, elles l'admettaient nettement moins. La plus jeune des Halliwell devait peut-être encore apprendre à mieux maîtriser ses visions.

— Tu te sens assez reposée pour aller faire un petit tour au *P3* ?

— Maintenant ? s'étonna Phoebe. Il est presque onze heures !

— Et alors ? Tu as peur de quoi ? De te transformer en citrouille à minuit ?

— Oui, ça doit être ça, plaisanta-t-elle. Mais pourquoi pas, en fait ? Attends, laisse-moi passer une tenue décente.

C'était exactement ce que Prue voulait savoir. Phoebe qui, d'habitude, ne reculait jamais devant la possibilité de faire une agréable rencontre au *P3*, n'avait pas envie de sortir, ce soir. Ce détail avait un sens autrement plus sinistre que la traînée grise sur la photo de Tremaine. Cela exigeait sans aucun doute une réunion des trois, décida-t-elle tandis que sa sœur montait se changer.

Phoebe regarda avec appréhension la foule de gens qui se pressaient à l'entrée du *P3*. D'ordinaire, une bousculade à l'entrée du club ne la gênait pas, car cela signifiait beaucoup d'argent pour Piper et donc, pour elle, la possibilité de poursuivre ses études.

Mais, ce soir, au lieu des dollars qu'elles étaient censées amener, ces personnes représentaient à ses yeux une alerte rouge potentielle. Prétendre qu'elle se sentait bien en dépit de sa migraine persistante relevait déjà d'un tour de force dans le sanctuaire tranquille du manoir. Mais affronter une salle comble au *P3* pouvait carrément se transformer en un cauchemar éveillé.

Phoebe avait honte de l'admettre mais, si quelqu'un, ce soir, était soudain menacé par une catastrophe imminente, elle ne voulait pas le savoir.

— Regarde-moi tous ces gens ! s'exclama Prue. Pas mal pour un jour de semaine.

Descendant de voiture, elle lissa son fourreau de velours noir qui accentuait à ravir sa silhouette longiligne. Quand elle passait cette robe, Phoebe s'amusait à dire qu'elle prenait son look de veuve noire. À sa vue, aucun homme encore capable de respirer ne pouvait lui résister. Mais Prue, sans aucune pitié, rejetait la plupart des malheureuses âmes qui osaient lui proposer un rendez-vous. Ce qui n'était pas difficile à comprendre : à cause de leurs pouvoirs, les trois sœurs Halliwell devaient se montrer extrêmement prudentes.

Et, si Phoebe faisait une touche avec le nouveau barman que Piper tenait à tout prix à lui présenter, elle savait que sa vie secrète de sorcière deviendrait vite un obstacle infranchissable pour le pauvre garçon. Aimer un Être de Lumière n'était pas facile, mais au moins Piper n'avait-elle pas à cacher ce qu'elle était en réalité.

— Oui, ça fait beaucoup de gens, c'est vrai, admit Phoebe qui se sentit soudain enveloppée par un courant d'air glacé.

Les couleurs vibrantes de sa jupe de soie pourpre et du haut de dentelle qui lui arrivait à mi-nombril étaient plus chaudes que l'air de la nuit. Machinalement, elle se frotta les bras.

— Tu as froid ? lui demanda Prue.

— Oui, un peu, mais je me réchaufferai à l'intérieur. Tous ces corps qui se remuent en dansant, ça doit procurer beaucoup de chaleur.

Phoebe ne savait pas si Rick travaillait, ce soir, mais elle s'était habillée de manière à l'impressionner, au cas où il apparaîtrait.

— Pourtant, il fait chaud dehors, s'étonna Prue.

— C'est que… j'ai senti…

Phoebe grimaça en comprenant que Prue avait raison. Il faisait chaud.

— Tu as senti quoi ? Un coup de vent glacé surgi de nulle part, c'est ça ?

— Oui, avoua-t-elle d'un air surpris. Tu l'as senti, aussi ?

— Pas maintenant, mais un peu plus tôt dans la journée, oui. À la bibliothèque, j'ai senti un courant d'air froid qui me passait dessus. Allez, on va voir Piper.

— Attends, Prue. Si on faisait plutôt le tour par-derrière. On risque de créer une émeute si on coupe la queue, tu ne crois pas ?

— Tu as raison, reconnut sa sœur.

Je ne sais pas si j'ai raison, se dit Phoebe tandis qu'après avoir contourné le bâtiment, elles se faufilaient dans le corridor sombre qui menait à la réserve. Comment dire à ses sœurs qu'elle souffrait d'une overdose de prémonitions et qu'elle ne se sentait pas capable de tenir longtemps le choc ? Si le *Livre des Ombres* ne contenait pas de remède contre les pouvoirs qui s'affolaient, qu'allait-il lui arriver ?

Elle ne voulait pas passer le reste de ses jours enfermée dans sa chambre, ni renoncer non plus aux devoirs qu'elle se devait d'accomplir en tant que Charmed. Mais que ferait-elle de bien, si elle devenait folle ?

Laissant Prue entrer seule dans la salle, Phoebe préféra rester un instant à la porte pour observer la foule des clients. Il n'y avait aucun siège de libre. Le groupe des *Hard Crackers* faisait apparemment une pause, mais la piste était tout aussi envahie de gens car le DJ continuait de passer de la musique. Piper était en train de laver des verres tandis que Jimmy et Monica, ses serveurs, ne cessaient de remplir des verres aux clients du bar.

Phoebe fut presque soulagée de les voir tous les deux plutôt que Rick, le nouveau barman blond et bronzé dont Piper lui avait tant vanté les mérites. Les visions sauvages dont elle avait été victime ces derniers temps la perturbaient bien trop pour songer à se lancer dans une nouvelle relation. Le seul fait de le toucher ne risquait-il pas de provoquer chez elle d'autres violentes prémonitions ?

Personne n'était installé dans l'alcôve du fond car Piper l'avait réservée. *Sans doute pour nous*, songea Phoebe en l'en remerciant intérieurement. Ainsi, elle ne se ferait pas bousculer.

Quand elle se déciderait à pénétrer dans la salle.

Elle prit une longue inspiration puis se glissa à l'intérieur, en espérant que tous ceux qu'elle aurait la malchance d'effleurer menaient une existence parfaitement calme et tranquille.

Pas de chance.

Une sorte de géant mal fagoté s'approcha d'elle et lui bloqua le passage.

— Salut, poupée, je n'attendais que toi.

— Sympa, mais non merci. Je dois retrouver quelqu'un.

Le gratifiant d'un sourire faussement guilleret, Phoebe passa devant lui en le frôlant. Sa vision la heurta de plein fouet.

... un frigo ouvert, une assiette de poulet... un homme se prend la gorge entre les mains, il s'étrangle sur un os...

Phoebe recula et le regarda droit dans les yeux.

— Ne mangez pas de poulet en rentrant chez vous.

— Du poulet ? répéta-t-il sans comprendre.

— Oui, les restes que vous avez dans le frigo, insista-t-elle en se moquant bien de savoir s'il la prenait pour une dingue. Il est mauvais, pourri, fichu. Vous en mangez et vous mourez. C'est clair ?

Abasourdi, il se contenta de hocher la tête.

— Je ne plaisante pas, ajouta Phoebe en s'éloignant.

Aussitôt, elle bouscula une jeune femme qui, le regard dans le vide, ravalait manifestement des larmes. Ses lèvres tremblaient quand elle leva son verre pour avaler une longue lampée de whisky.

... arrêtée par un flic, trop ivre pour se tenir

debout sans osciller... gardée en détention pour la nuit...

Secouée par une deuxième vision, Phoebe fut incapable de bouger pendant plusieurs secondes. Dès qu'elle se fut ressaisie, elle recula vers le bar et s'y appuya.

L'estomac en boule, les tempes étreintes dans un étau douloureux, elle parvint à gagner l'alcôve sans faire d'autre rencontre. Elle se laissa alors tomber sur la banquette de velours et se promit de dire à Piper que la femme au cœur brisé aurait besoin d'un taxi pour rentrer chez elle.

Réconfortée de savoir qu'elle avait sauvé deux autres vies d'un gâchis certain, elle reconnut que cela ne réglait pas son problème pour autant.

Lorsque Piper et Prue arrivèrent quelques minutes plus tard, Phoebe commençait à peine à se détendre, et son mal de tête avait diminué. Malgré cela, elle devait afficher une mine terrible.

— Qu'est-ce qui t'est arrivé ? interrogea Piper en s'asseyant à côté d'elle. Tu trembles de partout.

— Et tu es blanche comme un linge, renchérit Prue avant de lui poser une main sur le front. Tu ne sembles pas avoir de fièvre, pourtant.

— Je ne suis pas malade, lâcha Phoebe. C'est pire que ça !

Se ressaisissant, elle se décida à leur faire part

du nombre croissant de visions qui l'assaillaient, et des conséquences débilitantes qui suivaient, tant physiques que mentales. Au bord des larmes, elle ajouta qu'elle ne savait pas si elle pourrait tenir le choc.

— J'étais à mille lieues de penser à quel point ces prémonitions te harcelaient, reconnut Piper en lui prenant la main.

— Moi aussi, dit Prue. J'étais tellement préoccupée par cette vieille pierre qui, au bout du compte, s'est révélée n'être… qu'une vieille pierre sans intérêt.

— Tu en es sûre ? demanda Piper.

— Pratiquement, répondit-elle en haussant les épaules. Tu le vois bien, il ne s'est rien passé.

— À part le fait que Phoebe se prend de temps à autre une décharge de 3000 volts. Mes pouvoirs me sont venus progressivement, pas d'un seul coup.

— C'est vrai, admit Prue. Mais moi, j'ai découvert mes dons de projection astrale en un instant.

— C'est cette espèce de vent froid qui me paraît surtout bizarre, remarqua Phoebe.

— Tu veux dire… comme un courant d'air glacé… qui ne devrait pas être là alors qu'il fait si chaud dehors ? demanda Piper en se raidissant.

— Tu l'as senti aussi ? s'étonna Prue.

— Oui, ce matin, pendant que je préparais les rouleaux au jambon. Oh, les filles, regardez !

Phoebe tourna la tête pour apercevoir un homme athlétique et bronzé, le visage auréolé d'une crinière blonde, qui fendait la foule dans leur direction. Son cœur cessa de battre quand il s'arrêta pile devant elles, glissa les mains dans ses poches et sourit. *Des fossettes et des dents parfaitement blanches*, nota-t-elle malgré elle.

— Salut, Piper ! lança-t-il.

Une voix profonde et légèrement rauque, et une étincelle dans un regard vert tacheté d'ambre, pensa Phoebe en poursuivant son inventaire.

— Comment ça va, Rick ? lui demanda Piper.

Elle étouffa un rire devant la mine stupéfaite de Phoebe, pendant que Prue se délectait du spectacle.

— Très bien, répondit-il avant de décocher à Phoebe un sourire dévastateur.

Puis, se retournant vers Piper, il ajouta :

— Monica m'a dit que tu cherchais quelqu'un pour t'aider à tenir ton stand, pendant la kermesse de samedi. Je suis libre, si tu veux.

— Moi aussi, enchaîna Phoebe. Je veux dire, pour tenir le stand du *P3*, samedi…

— L'avantage de travailler avec sa sœur, commenta Rick en reportant son regard sur Phoebe.

— D'accord, samedi matin, sept heures, reprit

Piper. J'arriverai un peu plus tard mais Jimmy te mettra au courant.

— Je serai là, promit-il.

Il fit mine de s'éloigner puis s'arrêta, se tourna vers Phoebe et déclara :

— Alors, on se verra samedi.

— Sans aucun doute, répliqua-t-elle.

Interloquée, elle le laissa faire quand il lui prit la main pour y déposer un baiser. Les images qui s'imposèrent alors à son esprit masquèrent complètement ce qui se passa ensuite en temps réel.

… Rick lève un bras pour se défendre, attaqué par-derrière, un club s'écrase sur sa nuque… du sang gicle de son crâne défoncé…

— Ça va, Phoebe ? résonna la voix de Prue à travers la brume qui lui avait envahi le cerveau.

— Euh… maintenant, oui. Où est Rick ?

— Il vient de partir, dit Piper en scannant la foule.

— Il va se faire attaquer dans la rue ! lâcha-t-elle d'une voix blanche. On va le tuer !

— Non, on ne va rien lui faire ! s'exclama Prue en se levant d'un bond. Tu restes ici. On s'en occupe.

Phoebe saisit le poignet de Piper et la supplia :

— Ne faites rien qu'on ne pourrait pas expliquer, surtout !

— Ne t'en fais pas, Phoebe.

Incapable de rester assise pendant que ses sœurs allaient se dévouer pour sauver Rick, elle se leva lentement et se dirigea à leur suite vers l'arrière de la salle pour regagner le couloir. L'intuition que Piper avait eue à propos d'elle-même et du barman ne l'avait pas trompée. La connexion entre eux avait été immédiate. Mais pour combien de temps ? Impossible à dire.

Lorsqu'elle se retrouva à l'extérieur, ce fut pour apercevoir Prue et Piper en train d'observer la bagarre qui faisait rage dans la ruelle, derrière le club. Rick essayait tant bien que mal de se défendre contre l'attaque d'une bande d'ados. Lorsqu'un coup de poing bien placé atteignit la mâchoire de l'un d'eux, un autre se jeta sur lui en brandissant un couteau.

Phoebe ne se demanda pas pourquoi Prue et Piper ne tentaient rien pour l'instant. Elle savait qu'elles attendaient le moment propice pour entrer en scène, non seulement pour donner une chance à Rick de faire ses preuves aux yeux de Phoebe, mais aussi pour intervenir le plus tard possible et avoir ainsi le moins de chances de se trahir.

Son cœur bondit lorsqu'elle vit la lame s'abattre sur Rick, qui parvint à la stopper juste à temps en saisissant au vol le bras du garçon avant de lui tordre violemment le poignet. Rapide comme l'éclair, il lui asséna un coup de pied dans les tibias, qui le déséquilibra et le flanqua par terre. Au moment où il s'affalait de tout son long, le premier revint à la charge en titubant, les poings levés haut devant son visage. Une position de défense qui n'avait rien d'impressionnant.

Mais derrière Rick, un troisième garçon venait soudain de surgir avec un bâton, aussi long qu'un club de golf.

— Prends-lui ça des mains ! souffla Phoebe à l'oreille de Prue.

Qui ne se le fit pas dire deux fois. D'une pichenette, elle lui arracha son arme des mains et l'envoya valser en l'air, pour la faire atterrir sur le toit du bâtiment, où elle resta hors d'atteinte.

Stupéfait, le gamin s'immobilisa.

Puisqu'il lui tournait le dos, Rick ne comprit pas tout de suite pourquoi l'un de ses assaillants semblait soudain paniquer. Interdit, il le vit alors prendre ses jambes à son cou et disparaître au coin de la ruelle. Quant aux deux autres, nettement dépassés en puissance par leur adversaire, ils n'attendirent pas leur reste pour décamper aussitôt.

Épuisé, Rick se courba en avant pour reprendre sa respiration.

Rasant le mur du bâtiment, Prue, Piper et Phoebe se glissèrent en silence vers l'entrée arrière du club et s'engouffrèrent dans le couloir sombre.

— Merci, souffla Phoebe dont les tempes continuaient de battre douloureusement.

— Pas de problème, lui dit Piper. Au moins du côté de Rick…

Puis, se tournant vers Prue, elle ajouta :

— Je crois qu'on ferait bien de se replonger un peu dans ces bouquins sur les tribus sud-américaines. Des vents glacés qui surgissent en plein mois d'août, ça doit avoir une explication scientifique. Mais, qu'on les ait toutes les trois ressentis à un moment et à un endroit différents, ça ne peut pas être une coïncidence.

— Je n'y connais rien en pierres sacrées mais, en admettant qu'on les utilise pour y enfermer des esprits…

— … on peut en conclure que l'un d'eux se serait échappé, acheva Piper. Reste à savoir lequel, et pourquoi. Et, surtout, ce qu'il veut !

— Le professeur Rubin, du département d'anthropologie de l'université… il pourra peut-être nous aider, suggéra Phoebe. Je ne le connais pas, mais je sais qu'il a écrit plusieurs bouquins sur les civilisations anciennes.

— Pourquoi tu ne nous as pas dit ça plus tôt ? s'indigna Prue.

— Parce que tout le monde se moque de lui,

sur le campus. Comme tous les chercheurs, il est un peu excentrique, et il n'a obtenu sa titularisation que très tard. Et puis, je ne pensais pas que notre problème était si grave.

— J'irai le voir demain, après avoir déposé mes photos de Tremaine au *415*, déclara Prue sans grande conviction. Tu peux m'expliquer où se trouve son bureau ?

— Écoute, le plus simple, c'est que j'y aille avec toi, répondit Phoebe.

— Non ! objecta Piper. Personne ne bouge tant qu'on n'a pas trouvé de quoi il s'agissait. On rentre à la maison et on s'enferme !

— Et plus personne ne va ouvrir si on sonne, ajouta Prue.

— Mais… tenta de protester Phoebe avant de comprendre que ses sœurs avaient raison.

Si elles avaient affaire à un démon inconnu, elles ne pouvaient pas se permettre de perdre du temps et de l'énergie à sauver des gens des petits bobos qui les menaçaient.

8

Le bureau du professeur Rubin se trouvait au sous-sol du bâtiment des Sciences et Cultures. Tenant à la main les indications de Phoebe griffonnées sur un bout de papier, Prue longeait le corridor sombre, persuadée qu'elle était en train de perdre son temps.

Manifestement, le domaine souterrain du vieux chercheur ne faisait pas partie des priorités d'entretien de l'université. La peinture des murs s'écaillait, des ampoules manquaient au plafond et plusieurs fils électriques détachés de leurs fixations pendaient de façon menaçante. De l'eau de condensation gouttait des tuyaux de climatisation, formant des petites flaques sur le sol bétonné.

Puisque l'administration ne pouvait se permettre de virer, pour cause de dinguerie, ce professeur titularisé, on l'avait apparemment relégué dans cette cave en espérant qu'il finirait par donner sa démission.

Et ce n'étaient pas ces lieux hostiles qui allaient convaincre Prue de la nécessité de cette entrevue, bien au contraire. Mais, puisqu'elle était là, autant se lancer, maintenant. Après tout, ces universitaires excentriques se montraient parfois brillants.

Arrivée devant la porte de son bureau, elle arrêta son regard sur un tableau où étaient épinglés en vrac des horaires de cours, des notes diverses et des articles de journaux, dont un montrait la photo d'un livre ayant pour titre *Les Cultes anciens du Nouveau Monde*, du Dr Gregory Rubin. Paru vingt-sept ans plus tôt, il avait connu un succès foudroyant à sa sortie.

Intéressant... songea Prue. *Phoebe ne m'avait pas dit tout ça*. Comme elle s'apprêtait à frapper, le battant s'ouvrit brusquement devant elle. Un vieil homme aux épaules voûtées, à la chevelure hirsute et aux vêtements froissés apparut devant elle. Surpris de la trouver ici, il sursauta et réajusta ses lunettes à monture d'écaille.

— Oh... pardon, professeur Rubin, s'empressa de déclarer Prue avant qu'il n'ait une crise cardiaque. Vous... vous allez bien ?

— Je suis trop vieux pour aller bien, marmonna-t-il. Et, au dire de mes estimés confrères, je suis trop cinglé pour *être* bien. Maintenant, si vous voulez bien me libérer.

Prue lui lâcha aussitôt la main qu'elle tenait fermement dans la sienne depuis qu'il avait ouvert la porte.

— Oh, désolée…

— Moi aussi, répliqua-t-il. Désolé de ne pas avoir quarante ans de moins.

Il afficha un sourire aussi charmant que désarmant.

— Maintenant, pouvez-vous me dire ce qu'une jolie femme comme vous vient faire par ici ? Vous seriez-vous égarée ?

— Non, je suis venue vous voir, dit-elle en sortant une photo de son sac. Pour vous montrer ceci.

Saisissant le cliché, il marmonna :

— Que voulez-vous que je vous dise sur ce M. Tremaine ? Je l'ai en horreur.

— Vraiment ?

— Parfaitement, je l'ai en horreur ! Il possède peut-être la plus belle collection d'art primitif du monde entier, mais il se moque comme de l'an quarante de la signification culturelle ou historique de ces objets. Cet homme manque scandaleusement de curiosité !

Là, ils se retrouvaient à la même page, songea Prue.

— Ne me demandez pas de voter pour ce gredin, surtout, continua-t-il. Je ne supporte pas un homme qui est plus intéressé par l'argent qu'il peut récolter que par un environnement en danger.

— Je ne fais pas campagne pour Tremaine, professeur. Je voudrais juste que vous me parliez de ceci.

Prue lui montra la pierre que le politicien tenait entre les mains.

— Oh, je vois. Intéressant. Mais entrez donc, jeune dame.

Saisissant la photo, le vieil homme referma la porte derrière Prue et alla s'installer à son bureau, où s'empilaient papiers et documents de toutes sortes. Il sortit une loupe d'un tiroir et, à la lueur d'une lampe de banquier à abat-jour vert, il examina le cliché.

Pendant ce temps, Prue laissa traîner son regard sur l'heureux désordre qui régnait dans la pièce. Elle se prit à penser que, peut-être, le vieux professeur aimait se trouver ici, dans ce sous-sol, où personne ne pouvait lui reprocher cette désorganisation fonctionnelle.

— Savez-vous où Tremaine a eu cet objet ? demanda-t-il en levant les yeux par-dessus ses lunettes.

— Oui, en Amérique du Sud. Il a dit qu'il pouvait s'agir d'une pierre sacrée où l'on enfermait les esprits, et qu'elle avait sans doute plus de trois mille ans.

— Astucieux de sa part, grogna-t-il. Alors, que voulez-vous savoir là-dessus ?

— Je voudrais savoir s'il est possible qu'un esprit puisse s'échapper de ces pierres ; et, si oui, qui ou quoi a pu occuper celle-ci.

Le vieil homme fixa sur Prue un regard intense, puis laissa tomber :

— Ce ne sont que des absurdités, des superstitions de peuples ignorants qui s'inventent des entités plus puissantes qu'eux, qu'ils pourront ensuite rendre responsables de tous leurs malheurs ou de désastres sur lesquels ils n'ont aucun contrôle !

— Peut-être, répliqua Prue sans se démonter, mais je trouve fascinant que tant de croyances anciennes aient pu être partagées par des cultures qui n'avaient aucun contact les unes avec les autres. Tous ces mythes similaires font beaucoup de coïncidences, vous ne trouvez pas ?

— Peut-être, admit-il. Mais vous devez comprendre, chère madame, qu'une académie qui accorde du crédit à des théories aussi grotesques se voie immédiatement ridiculisée.

— Je comprends, professeur.

Il hocha la tête, réajusta ses lunettes et, de nouveau, se plongea dans l'observation de la photo.

— Il y a des légendes qui, de siècle en siècle, continuent de se transmettre par le bouche à oreille, chez certaines tribus d'Amazonie. Parmi elles, il y a celle d'Athulak, une entité qui se manifeste sous une forme humaine et qui se complaît dans le chaos qu'elle crée autour d'elle. Je crois pouvoir dire que la pierre que possède Tremaine est une représentation de ce démon.

— Charmant, commenta Prue.

— Vous l'avez dit, sourit le vieux professeur. D'après la légende, Athulak aurait la capacité de déformer les souhaits de paix et de prospérité que formulent les gens, afin de faire naître des catastrophes à la place. Des tribus priaient, par exemple, pour voir arriver la pluie, et c'était une inondation qui survenait. Si elles demandaient du gibier à chasser, elles se voyaient accablées par d'épouvantables épidémies. Vous saisissez ?

— Oui, parfaitement.

Pourtant, quel rapport y avait-il entre cette légende et ce qui se passait aujourd'hui ?

— Mais, comment Athulak s'est-il retrouvé dans cette pierre ? demanda-t-elle.

— En admettant qu'il s'agisse bien d'une pierre, ce dont je doute. Il y a été emprisonné par une femme très puissante qui avait le pouvoir de manipuler les éléments.

Une sorcière.

— Après y avoir piégé Athulak, elle a enterré la pierre au plus profond de la terre afin qu'aucune prière susceptible de provoquer des catastrophes irréversibles ne soit en mesure de le délivrer.

— Et qu'est-ce qui vous fait penser que cette statuette représente Athulak ?

Tremaine n'avait-il pas précisé qu'il n'existait pas deux pierres comme celle-ci dans le monde ?

— Ses contours ronds et plats, sans presque aucun détail, expliqua Rubin. C'est ainsi qu'elle est décrite dans les histoires. L'ordre symbolique inhérent à sa forme renforçait le pouvoir de soumission que possédait cette magicienne. Cette explication vous satisfait-elle ?

— Parfaitement, déclara Prue en rangeant la photo dans son sac.

À présent, grâce à ce nom, elle avait quelque chose à chercher dans le *Livre des Ombres*.

— J'aurais une dernière question, professeur.

— Je vous en prie, jolie madame.

— Est-ce qu'un esprit désincarné peut prendre la forme d'un coup de vent glacé ?

Le vieil homme hésita, se frotta le menton, puis haussa les épaules avant de répondre :

— Je n'en ai pas la moindre idée. Cela me paraît une théorie intéressante, cependant… si l'on croit aux esprits.

— Alors, ce professeur Rubin ? demanda Phoebe en posant son roman à l'envers sur la table basse.

Une bonne nuit de sommeil et un jour entier sans vision avaient eu raison de sa migraine. Bien qu'elle soit heureuse de profiter du calme du manoir, elle ne voulait pas pour autant passer le reste de sa vie à ne plus rien faire parce que ses pouvoirs étaient incontrôlables.

— Il est vraiment aussi affreux et acariâtre qu'on le dit ?

— Il est plutôt doux et affable, pour un vieil homme ratatiné et grincheux. Et d'une aide précieuse. Je pense.

— Tu penses ? J'espérais quelque chose de plus net.

— Eh bien, peut-être que toi et Piper vous trouverez autre chose. Au fait, elle est rentrée du *P3* ? Je préférerais expliquer tout ça en une seule fois.

Phoebe secoua négativement la tête.

Piper avait pris avec elle les photos que Prue avait faites du club, ainsi que divers autres objets pour décorer son stand. Elle devait aussi s'assurer que le frigo qu'elle avait loué serait livré à temps. Si tout se passait comme prévu, Rick et l'équipe d'organisateurs auraient tout installé avant la fin de la matinée, quand le grossiste arriverait avec la nourriture et les boissons.

— Elle est un peu nerveuse, tu sais, avec cette kermesse. Voilà pourquoi j'espère que tu as de bonnes nouvelles à nous annoncer.

La porte d'entrée qui venait de claquer leur fit tourner la tête dans un même ensemble.

D'un pas rageur, Piper pénétra dans le salon. Une expression furieuse lui chiffonnait le visage.

— Vous savez combien ça coûte de louer un frigo pour une journée ?

— Aucune idée, répondit Phoebe.

— Combien ? demanda Prue.

— Beaucoup trop ! Alors, à la place, j'en ai acheté un. Une épave, qui me servira ensuite de rangement au *P3*.

Comme elle s'apprêtait à se laisser tomber sur le canapé, Prue la prit par le bras et l'obligea à rester debout.

— Avant que tu t'installes, on doit aller consulter le *Livre des Ombres*. Tu viens aussi, Phoebe ?

— J'arrive, dit-elle avant d'avaler la dernière gorgée de son soda au gingembre.

— Mais pourquoi ? interrogea Piper en suivant Prue dans l'escalier.

— Pour savoir si on y parle d'une entité nommée Athulak. Il a un petit penchant pour le chaos. Selon les légendes et le professeur Rubin, une magicienne l'aurait emprisonné dans une pierre avant d'enterrer celle-ci. Et moi, je crois que l'expédition archéologique de Tremaine l'a retrouvée.

Arrivée au grenier, Prue posa son sac et s'approcha de l'imposant pupitre où reposait le *Livre des Ombres*, le volume séculaire qui leur avait révélé les pouvoirs magiques de leurs ancêtres.

— Est-ce que cet Athulak a quelque chose à voir avec mes visions ? demanda Phoebe en s'installant confortablement dans le vieux fauteuil à bascule de leur grand-mère.

Prue, qui commençait à feuilleter le livre, lui jeta un regard curieux.

— Aurais-tu prononcé des prières pour la paix ou la prospérité, ces derniers temps ?

— Heu... pas depuis Noël, pourquoi ?

— Parce que le professeur Rubin a dit qu'Athulak avait le pouvoir d'altérer les prières des humains, de sorte que chacun de leurs souhaits fasse naître une catastrophe à la place.

— Ça n'a aucun rapport avec moi, reprit Phoebe en se balançant.

— Comment peux-tu l'assurer ? interrogea Piper sur un ton suspect.

— Parce que, chaque fois qu'on a pu se connecter avec quelqu'un, ça nous a aidées à empêcher une catastrophe, pas à la créer.

— Effectivement, reconnut-elle.

En soupirant, elle se tourna vers Prue.

— Tu trouves autre chose ?

— Non, rien, pour l'instant.

Phoebe se leva et se mit à contempler le livre avec intensité. Parfois, l'esprit d'une ancêtre se manifestait en l'ouvrant pile sur le sujet que cherchaient les trois sœurs. Mais, aujourd'hui, aucune page ne se tournait.

— J'imagine qu'on n'aura rien, cette fois-ci, soupira Piper.

Déprimée, Phoebe se prit la tête entre les mains. Elle aurait tellement voulu trouver la cause de l'hypersensibilité prémonitoire qui se développait en elle. Mais ce n'était pas parce qu'elle le désirait que… Ou, peut-être que si, au contraire.

— J'ai trouvé ! s'écria-t-elle en sautant sur place.

— Quoi ? Raconte !

— D'habitude, les gens prient pour obtenir quelque chose, non ?

— Ou parce qu'ils sont reconnaissants de quelque chose, suggéra Piper.

— Et… alors, un souhait, ce n'est pas la même chose ?

Prue fronça les sourcils.

Piper cligna des yeux.

— Hier matin, en regardant les infos, j'ai souhaité que mes pouvoirs soient plus puissants, vous ne vous souvenez pas ?

— Euh… oui, tu te plaignais du fait que tes visions étaient trop sélectives.

— Eh bien, voilà ! J'ai obtenu ce que je souhaitais. Elles sont devenues nettement plus étendues !

— C'est possible ? demanda Piper en interrogeant Prue du regard.

— En théorie, oui.

Elle se leva et sortit la photo de son sac.

— Qu'est-ce qu'il y a ? demanda Phoebe en jetant un coup d'œil par-dessus son épaule.

— Je ne sais pas vraiment.

Elle continua de contempler la traînée grisâtre sur le cliché, puis déclara :

— On continue cette réunion à la cuisine.

— Pourquoi ? Qu'est-ce que tu as trouvé ?

— Je ne veux pas vous donner de faux espoirs, répondit-elle simplement. Il faut d'abord que je vérifie quelque chose.

— Mais quoi ? insista Phoebe en la suivant dans l'escalier tandis que Piper refermait soigneusement la porte du grenier.

Elle ne voulait pas d'un affrontement avec un mauvais esprit, mais l'alternative lui semblait pire encore.

Si les sœurs Halliwell ne le confrontaient pas un jour ou l'autre afin de l'anéantir, Phoebe serait condamnée à se ruer en permanence à la rescousse de la terre entière ou, pire encore, à subir une isolation complète et sans fin !

9

— Où est-elle ? s'impatienta Phoebe.

Les mains sur les hanches, elle allait et venait dans la cuisine d'un pas agacé.

Piper sortit du frigo un plat rempli de rouleaux au jambon, en coupa une rondelle et la lui fourra d'office dans la bouche.

— Mange, ça va te calmer.

Phoebe l'avala en grimaçant et s'empressa d'en prendre un deuxième avant que sa sœur ne le pose sur le comptoir.

Tout aussi contrariée qu'elle, mais pas pour les mêmes raisons, Piper ouvrit de nouveau le frigo et en retira cette fois une assiette de pains noirs coupés en quatre et tartinés de crème aux herbes.

La kermesse du lendemain lui coûtait finalement bien plus que ce qu'elle avait prévu. Si le stand du *P3* n'attirait pas plus de clients au club, elle ferait exploser son budget de l'année.

Prue émergea enfin de son labo, au moment où Piper achevait de remplir un plat de bâtons de carottes, de radis et de chou-fleur. Elle le posa sur la table à côté d'un bol de crème au fromage blanc et à l'oignon.

— Regardez ça, lança Prue à ses sœurs en étalant sur la table quatre photos de Tremaine.

Vaguement calmée, Phoebe cessa d'arpenter la cuisine et s'approcha.

— Qu'est-ce qu'il faut chercher ? demanda Piper.

— L'enchaînement des choses, répondit Prue en rejetant ses cheveux en arrière. Chaque fois que j'ai regardé ces clichés dans l'ordre où ils ont été pris, j'ai eu le sentiment de louper quelque chose. Maintenant, c'est tellement évident que je n'arrive pas à croire comment j'ai pu mettre tant de temps à comprendre. Vous ne voyez pas ?

— Non, répondit Piper sur un ton piteux.

— Moi, si, dit doucement Phoebe. La traînée devient de plus en plus grosse sur chaque photo.

— Exactement, mais ce n'est pas tout. Le point de départ de la tache est le même partout : le coin intérieur de l'œil gauche de la statuette.

C'était manifeste mais, pour Piper, cela ne signifiait rien. Elle se montrait nettement plus sceptique que Prue qui, elle, avait tendance à attribuer tous les événements négatifs à des forces démoniaques.

— Sans vouloir réduire à néant ta théorie, Prue, ces traînées seraient au même endroit si ton film était abîmé.

— Justement, Piper, elles ne sont *pas exactement* au même endroit !

Sortant une règle de sa poche arrière, Prue mesura la distance qui séparait le coin de l'œil du bord de chaque photo. Elle différait chaque fois de trois centimètres.

— Si le problème était dû au film, la traînée serait toujours la même partout. Et ce n'est pas le cas. Elle part bien de l'œil de la statuette mais, ensuite, elle change de forme.

— Alors, on est en plein Eurêka ? demanda Phoebe sans trop y croire.

— Je crois qu'on peut le dire, répondit Prue avec assurance. Mon appareil a capturé l'esprit d'Athulak en train de s'échapper de la pierre !

— Waouh ! tu ne peux pas savoir comme ça me soulage !

— Hé, du calme, les filles ! s'exclama soudain Piper. Un esprit ancien qui génère des catastrophes, vous croyez que ça se fête, vous ?

— C'est vrai, reconnut Prue en cessant aussitôt de sourire.

— Attendez, attendez, objecta alors Phoebe.

Si Athulak a rendu mes pouvoirs incontrôlables, on peut peut-être inverser son action.

— C'est possible, reprit Piper, mais on ne sait rien de lui, ni comment il opère. Il faut espérer que c'est bien Athulak qui s'est échappé de la pierre, et non un autre esprit machiavélique qui jouerait un jeu complètement différent.

— C'est vrai, tu as raison, Piper, concéda Prue. J'admets qu'on imagine beaucoup de choses, mais on en sait peut-être plus qu'on ne le croit.

— Explique-toi, lui dit Piper.

— Je ne suis pas très sûre…

— Le professeur Rubin aurait dit quelque chose d'autre qui puisse nous mettre sur la voie ? demanda Phoebe. Imaginons – si tu es d'accord, Piper – qu'il s'agisse bien d'Athulak.

— D'accord, admit-elle en croisant les bras. Imaginons ça, pour le moment.

— O.K. Prue, qu'est-ce qui s'est passé dans la bibliothèque de Tremaine ? Toi ou lui, vous avez dû faire quelque chose pour rompre le charme qui emprisonnait cet esprit.

— Attends… que j'essaie de me souvenir.

Prue croqua dans un canapé de pain noir puis ajouta :

— Le professeur Rubin a dit que, après avoir piégé l'esprit d'Athulak dans la pierre, la sorcière l'a enterrée pour que…

Elle s'arrêta un instant, pour se souvenir des paroles exactes du vieil homme.

— C'est ça : pour qu'aucune prière susceptible de produire des catastrophes irréversibles ne lui rende sa liberté.

— Et alors ? interrogea Piper. Qu'est-ce que Tremaine a fait ? Il a prié pour qu'arrive la fin du monde ?

— Non, il a simplement dit qu'il aurait *souhaité* ne jamais avoir Noël Jefferson pour adversaire. Juste au moment où je prenais cette photo. Sur les autres, prises *avant* qu'il n'émette son souhait, il n'y a pas de traînée !

— Voilà, c'est ça ! s'écria Phoebe sur un ton triomphal.

Le sourire de Prue se figea vite quand elle s'aperçut que l'expression de Piper était loin de refléter celle de ses deux sœurs.

— Qu'est-ce qu'il y a, Piper ? Tout ce qu'on vient de dire explique parfaitement ce qui est arrivé à Phoebe, non ?

— Oui, tant qu'on ignore le fait que nos pouvoirs se sont renforcés sans aucune influence extérieure.

— Et les courants d'air, qu'est-ce que tu en fais ? lui opposa Phoebe. Comment est-ce que tu expliques ça ?

— Des courants d'air qui nous touchent chacune à des moments différents, renchérit Prue.

— Et à des endroits différents, ajouta Phoebe.

— Quatre fois ! s'écria soudain Piper en se tapant le front. C'est vrai, j'ai senti quatre fois ce coup de vent glacé, dans le parc !

— Quand le poney a pété un plomb, c'est ça ? demanda Prue.

— Oh, mon Dieu ! murmura Phoebe en fermant les yeux. Ce poney est devenu dingue juste après que la petite fille a dit qu'elle aimerait bien en avoir un pareil !

— Ce qui, apparemment, a fait agir Athulak, remarqua Prue. Mais, qu'est-ce qu'il faisait dans ce parc ?

— Et qu'est-ce qu'il faisait aussi dans notre salon ? ajouta Piper.

— C'est ma grande gueule qui l'a fait venir, marmonna Phoebe. Si je n'avais pas souhaité avoir des visions plus puissantes…

— Non, c'est sans doute ma faute, dit Prue. Je… j'ai utilisé mes pouvoirs pour empêcher la pierre de tomber quand Tremaine l'a rangée de travers sur son socle.

— Et Athulak t'a vue agir, conclut Piper. Puisque c'était une sorcière qui l'avait emprisonné trois mille ans plus tôt, il a décidé de te suivre pour s'assurer que ça ne recommencerait pas.

— Je crois que ça explique tout, lâcha Prue en se levant pour se servir un verre de jus d'orange. Sauf que, maintenant, je n'ai pas la moindre idée de ce qu'on peut faire.

— Moi non plus, enchaîna Phoebe. Mais, en attendant, le souhait de Tremaine n'a pas l'air de devoir causer des dommages irréparables au monde entier.

Piper n'en était pas si sûre.

— En revanche, ça pourrait causer de gros ennuis à Noël Jefferson.

Tandis qu'il suivait la voiture qui emmenait les magiciennes, Athulak soufflait sa fureur glacée sur la ville.

Il ne prenait aucun plaisir à semer la panique sur le monde, et maudissait les anciens humains qui l'avaient anéanti et qui, depuis des siècles, se transmettaient de génération en génération le récit de sa défaite.

Mais sa colère envers les sorcières était plus grande encore, et c'était elle qui alimentait sa soif de vengeance.

Tenaces, obstinées, investies de la puissance des dieux, elles avaient senti sa présence et s'étaient lancées à la poursuite de la connaissance. Et lui avait été bien fou de croire que la vieille magicienne avait enterré ses secrets avec la pierre.

À présent, ces femmes savaient son nom, connaissaient ses pouvoirs et mettraient tout en action pour l'empêcher de modifier les souhaits des humains.

Il ne les laisserait pas réussir.

Lorsque la voiture s'arrêta devant un grand bâtiment, Athulak attendit que les sorcières en sortent. Puis compressa les molécules de son entité invisible, affûta les bords de la lame dont il avait pris la forme et, pour s'assurer de sa puissance, trancha en deux un poteau métallique qui s'élevait du sol et découpa en morceaux le tissu bleu, blanc et rouge qui venait de tomber au sol.

— Tu as vu ça ? demanda Phoebe en s'arrêtant net au milieu du parking du palais de justice.

Prue avait entendu le poteau se briser et vit, aussitôt après, le drapeau se déchirer de part en part. Il n'y avait qu'une seule explication plausible : leur démon ne se satisfaisait plus de manifester sa présence par des baisers glacés.

— C'est Athulak, n'est-ce pas ? s'inquiéta Phoebe.

— Il y a de grandes chances, oui.

Concentrant son énergie, Prue leva les mains et

traça un cercle au-dessus de sa tête pour créer autour d'elles un bouclier qui les protégerait de leur ennemi invisible.

— Colle-toi à moi et cours ! cria-t-elle à sa sœur avant de se mettre à courir vers l'entrée du bâtiment.

Surgissant en catastrophe dans le hall de réception, elles continuèrent néanmoins leur course. Athulak était une créature de l'air : il pouvait infiltrer l'immeuble le plus sécurisé en se glissant par les conduites d'aération.

— Par ici, lança Prue en poussant Phoebe dans les toilettes.

Dès qu'elles se retrouvèrent à l'intérieur, elle verrouilla la porte et monta sur le lavabo pour boucher le trou de ventilation.

— Mais, qu'est-ce qui se passe ? interrogea-t-elle d'une voix étranglée.

— Il se passe que, apparemment, Athulak peut organiser comme il veut sa densité moléculaire. En d'autres termes, il peut se transformer en une arme invisible, tranchante, et donc parfaitement mortelle.

— Et alors, pourquoi est-ce qu'il ne nous a pas attaquées plus tôt ?

— Peut-être parce qu'on n'en savait pas assez sur lui pour représenter une menace.

— C'est flippant, ce que tu me racontes là, dit Phoebe en portant la main à sa gorge.

Son regard se posa sur le bas de la porte où apparaissait une petite brèche.

— Qu'est-ce qu'on peut faire pour l'empêcher de passer par là ?

— La magie, Phoebe. Une incantation. J'appelle Piper. Il nous faut un charme magique pour nous protéger contre un esprit qui prend la forme du vent.

Elle se jeta sur son téléphone portable et composa son numéro.

— Je ne sais pas me concentrer pour trouver des formules quand je suis comme ça sous pression, se lamenta Phoebe.

— Improvise !

Hochant la tête, Phoebe posa une paume sur le battant, ferma les yeux et entonna :

— Eau, feu, vent et air, mêlez-vous, prenez votre forme cosmique primaire. Contrôlez le vent d'Athulak, empêchez-le d'agir. Que rien ni personne ne passe cette porte, je l'ordonne !

Lorsque Piper répondit, Prue lui expliqua rapidement leur nouveau problème.

— Il nous faut un charme, Piper, un sortilège, quelque chose qui puisse nous protéger contre un esprit du vent !

— Il me semble avoir vu, dans le *Livre des*

Ombres, une formule destinée à éloigner des démons ayant pris la forme élémentaire, lui répondit-elle. Mais il va me falloir un peu de temps pour préparer la potion et vous l'apporter.

— On t'attend.

Prue raccrocha et rejoignit Phoebe qui, assise à côté du lavabo, fixait la porte en face d'elle.

Après avoir compris le danger que courait Noël Jefferson, elles s'étaient rendu compte qu'elles seraient incapables de le protéger tant qu'elles ne connaîtraient pas la nature exacte de ce qui le menaçait. Phoebe s'était portée volontaire pour le découvrir, même si le seul fait de le toucher pouvait lui être pénible. Car, plus la catastrophe à venir était violente, plus Phoebe en ressentait l'impact physique.

Et, cette fois, elles avaient affaire à un événement qui pouvait être annonciateur de la fin du monde !

Prue regarda la porte et déclara :

— Joli travail, Phoebe.

— J'étais motivée par l'image de moi en train de me faire décapiter au beau milieu du parking, expliqua-t-elle en frissonnant.

Prue lâcha un lourd soupir. Elles avaient affronté de nombreux démons, toutes sortes de sorciers et d'autres entités cruelles qui, au premier abord, avaient semblé impossibles à vaincre. Elles avaient toujours réussi à les anéantir, mais Athulak était à nul autre pareil. Elles n'avaient aucune idée de la façon de le combattre et de le mettre hors d'état de nuire. Et, si le charme protecteur de Piper ne le repoussait pas, elles n'auraient aucun moyen de défense contre l'attaque d'une lame aussi tranchante qu'un rasoir.

Prue se tendit quand elle perçut des voix et des rires provenant du hall de réception. Quelqu'un tenta d'ouvrir la porte qu'elle avait verrouillée un peu plus tôt et la martela de coups de poing quand elle refusa de céder.

— Hé, appela une voix de femme, ouvrez, s'il vous plaît !

— Dans tes rêves, murmura Phoebe.

La main tendue en avant pour renforcer son pouvoir de télékinésie, Prue regarda sa montre. Cinq heures passées. Elle espérait que Piper se pointerait avant qu'une équipe de sécurité n'arrive pour débloquer le verrou. Et surtout, avant que les gens ne commencent à rentrer chez eux. Personne, et encore moins Noël Jefferson.

Athulak ne s'était pas attendu à rencontrer une résistance aussi destructrice quand il avait tenté de pénétrer la barrière de protection dont s'étaient entourées les sorcières. L'impact avec ce mur de force ondulant avait presque annihilé sa cohésion. De peur de voir ses molécules éclater en tous sens au moindre coup de vent, il avait réuni les derniers brins de son énergie vacillante pour se retirer dans le labyrinthe de conduits qui traversaient le bâtiment. Il se glissa à travers les tunnels métalliques et atteignit la pièce où Noël Jefferson se tenait derrière un bureau.

Luttant pour garder son intégrité physique, Athulak s'infiltra sous la porte d'une pièce plus petite et obscure, où les hommes gardaient toutes sortes de boîtes, des housses en tissu et d'autres accessoires tout aussi inutiles. À l'abri dans cet espace réduit, il se détendit un peu et s'autorisa un léger repos.

Contrarié, affaibli, il essaya de récupérer des forces et s'abîma dans des pensées noires, alimentant sa haine pour ces femmes et leur magie écrasante. Puis il se rassura en se disant que, bientôt, sa victoire inévitable le consolerait de tout ce qu'il venait d'endurer.

Aucun pouvoir sur terre ou au-delà ne saurait l'anéantir ni empêcher le cataclysme de se produire après que le souhait primaire aurait été formulé.

La chaîne des événements, déclenchée lorsque Tremaine avait prié pour être débarrassé de son ennemi, ne pouvait plus, désormais, être interrompue.

À moins que la voyante ne touche Jefferson et n'entrevoie son destin.

Athulak observait et attendait. Si cela s'imposait, il n'hésiterait pas à amoindrir encore son énergie déjà vacillante, pour abattre les sorcières.

10

Lorsque Piper frappa à la porte des toilettes, Phoebe sursauta et se heurta la tête contre le miroir derrière elle.

— Alors, on s'endort en plein boulot, les filles ? lança Piper en entrant.

— On n'avait pas de cartes à jouer pour passer le temps, figure-toi, rétorqua-t-elle en se frottant la tête.

Incroyable, elle avait réussi à s'endormir alors qu'un démon sévissait dans les parages ! Les charmes prononcés en situation d'urgence ne marchaient pas toujours comme on le voulait. Heureusement, celui qu'elle avait chanté pour éloigner Athulak avait eu l'effet escompté.

Mais elle n'avait pas pour autant résolu le problème qui la hantait au moment où elle s'était endormie. Les trois sœurs Halliwell étaient si occupées à protéger Noël Jefferson que pas un moment elles n'avaient envisagé le fait qu'un souhait entendu par Athulak pouvait avoir une valeur permanente. Un poney emballé ou d'autres événements singuliers de ce genre pouvaient toujours être stoppés, mais que faire si le souhait qui avait renforcé leurs pouvoirs ne pouvait pas être inversé ?

— Tu en as mis un temps, Piper ! lui dit Prue. Il est plus de sept heures.

Descendant du lavabo où elle était assise, elle prit des mains le petit sachet de cuir que sa sœur lui tendait.

— On est vendredi soir, n'oublie pas. Le trafic est infernal en ville, dit-elle en donnant à Phoebe un autre sachet de cuir.

— Mieux vaut tard que jamais, déclara celle-ci en l'attrapant.

Elle huma les effluves épicés qui s'en échappaient et fut agréablement surprise. Ce parfum lui rappelait la cannelle que leur grand-mère ajoutait au jus de pomme qu'elles adoraient boire ensemble. Le dernier charme que Piper avait essayé sentait plutôt la bouse de vache séchée, mélangée à une odeur de pourriture.

— Qu'est-ce que tu as mis dedans ?

— Des cœurs de poulets crus, des plumes de faucon et un petit assortiment de champignons auxquels j'ai ajouté des herbes alimentaires. Tu vois, rien que des bonnes choses que j'ai laissées frémir sur un petit feu pendant au moins une heure.

Phoebe fit une moue dégoûtée pendant que Prue glissait le petit sachet dans la poche arrière de son jean.

— C'est super, Piper. Merci. Au fait, tu ne sais pas si Noël Jefferson se trouve toujours dans le bâtiment, par hasard ?

— Parce que, enchaîna Phoebe, si on arrive trop tard pour empêcher ce qui doit lui arriver, Athulak va gagner et le monde entier va cramer !

Sautant par terre, elle mit aussi dans sa poche le charme que lui avait remis Piper.

— Je ne peux pas savoir s'il est sorti ou non. En entrant par le hall de réception, je suis venue directement ici.

— Il faudrait peut-être qu'on aille s'en assurer, vous ne croyez pas ? suggéra Phoebe en passant la bandoulière de son sac par-dessus son épaule.

La salle était déserte mais toutes les lumières étaient encore allumées. Avec un peu de chance, Noël Jefferson travaillait tard, ce soir-là. Un rapide coup d'œil sur le plan des bureaux leur indiqua que celui du politicien se trouvait au quatrième étage. Cependant, lorsque Prue appela l'ascenseur, rien ne se passa.

— Il faut peut-être une clé pour l'utiliser après les heures de travail, se lamenta Prue en tapant du poing sur la porte.

— Mesdames, s'il vous plaît, vous avez besoin de quelque chose ? résonna une voix masculine derrière elles.

Phoebe se retourna pour apercevoir un garde à la silhouette imposante qui s'avançait vers elles. Au lieu de sourire, elle choisit de prendre l'air complètement désespéré – ce qui ne lui fut pas difficile car elle était réellement inquiète.

— Oh, oui, monsieur ! Nous cherchons le bureau de Noël Jefferson. Nous devons lui parler de toute urgence ! Pouvez-vous nous aider ?

— C'est une question de vie ou de mort, précisa Piper.

— Ah, oui ? demanda-t-il d'un air soupçonneux.

Son regard passa de l'une à l'autre comme si leurs visages correspondaient à la description d'un avis de recherche du FBI.

— Désolé, ça ne sera pas possible.

— C'est vraiment important, insista Prue.

D'un coup de coude discret, elle indiqua à Piper de se tenir prête à figer le garde. Alors, elles pourraient grimper ensemble au quatrième étage.

— Je regrette, mais M. Jefferson est parti pour son quartier général il y a une demi-heure.

— Où, exactement, hasarda Phoebe.

— Le bâtiment est fermé, leur rappela-t-il sur un ton sec. La porte est par là ; si vous voulez bien me suivre.

— Pas de problème, lui souffla Prue. Je sais où c'est.

Dehors, Phoebe vérifia que le charme se trouvait toujours dans sa poche, puis leva les yeux afin de s'assurer qu'aucune menace ne venait du ciel. L'air était tiède et agréable, ce qui ne voulait nullement dire qu'Athulak n'errait pas dans les parages, prêt à attaquer. Elle espérait que Piper avait lu correctement la recette de la potion. Des cœurs de poulets parfumés à la cannelle… il fallait vraiment avoir la foi !

Piper s'arrêta devant sa voiture, s'appuya contre la portière et demanda :

— Vous avez vraiment besoin de moi pour aller gambader au quartier général de Jefferson ?

Prue regarda Phoebe.

Qui haussa les épaules. Elle comprenait que sa sœur ait envie de s'assurer que tout était prêt pour la kermesse du lendemain. Les incessantes interruptions de sauvetage avaient fait de sérieuses entorses à son programme.

— Je ne pense pas, répondit Phoebe. Il faut juste que j'entre en contact avec lui pour qu'il nous apprenne ce qu'on a besoin de savoir.

— Et si vous ne le trouvez pas ? interrogea Piper.

Kermesse ou pas, se dit Phoebe, Piper ne se défilerait jamais pour voler au secours d'un innocent. Néanmoins, rencontrer Noël Jefferson en chair et en os était indispensable.

— On pourra toujours demander à Darryl de nous le trouver, déclara Prue.

— Bonne idée ! s'écria Phoebe dont le visage s'illumina tout d'un coup.

Avoir un contact avec la police locale leur facilitait grandement les choses. Surtout quand l'inspecteur Darryl Morris savait qu'elles étaient sorcières.

— D'accord, on fait comme ça, reprit Piper. Mais appelez-moi si vous avez le moindre problème.

Ouvrant la portière de sa voiture, elle se glissa au volant et fit un petit signe à ses sœurs avant de démarrer.

Phoebe regardait par la fenêtre tandis que Prue l'emmenait à travers la ville, aussi vite que le lui permettait le trafic. À huit heures du soir, alors que la lumière commençait à baisser, créant çà et là d'étranges ombres qui, bientôt, allaient être dévorées par l'obscurité, tous les restaurants et les clubs se remplissaient peu à peu.

L'air tranquille, assis aux terrasses des cafés, les gens sirotaient leurs boissons en regardant les autres se promener sur les trottoirs. *L'ignorance... quel bonheur !* songea-t-elle non sans les envier.

Se prenant à penser à Rick, elle se demanda s'il était aussi intelligent que beau, et aussi gentil qu'il le paraissait. Si les circonstances avaient été différentes, la veille, et s'ils avaient eu l'occasion de parler, peut-être lui aurait-il proposé de sortir ce soir.

Elle aurait alors dû annuler leur soirée ensemble pour sauver Noël Jefferson et le monde entier d'un destin à la fois inconnu et terrible.

Le poids des responsabilités était parfois dur à supporter. Être sorcière finissait le plus souvent par gâcher leurs relations, à l'une ou à l'autre. Il y avait trop souvent des questions auxquelles elles ne pouvaient pas répondre, des rendez-vous manqués qu'elles ne pouvaient pas expliquer, et ainsi de suite. Dès le début, c'était voué à l'échec.

Cela dit, Phoebe devait rester réaliste : Rick ne lui avait encore rien proposé !

— Je crois qu'on y est, annonça Prue alors qu'elles arrivaient devant un complexe de bureaux et de commerces.

C'était là que se trouvait le quartier général de

Jefferson. L'intérieur était illuminé et, derrière les grandes fenêtres, on apercevait des personnes qui allaient et venaient.

Phoebe réprima avec peine un sentiment d'anxiété tandis que Prue garait la voiture sur le parking. Elle n'avait pas envisagé l'éventualité d'avoir à braver une foule avant d'arriver à l'homme qu'elles cherchaient.

— Prête ? lui demanda Prue en laissant tomber ses clés dans son sac.

— Oui, mais… hésita Phoebe alors que, déjà, elle ouvrait la porte d'entrée.

Elle ne voulait pas admettre qu'elle avait peur de se faire broyer l'esprit en entrant en contact avec tant de gens à la fois, mais elle devait être honnête.

— Tâche de te faufiler au maximum devant moi. Moins j'en toucherai, mieux je me porterai.

— Promis, lui répondit Prue en dissimulant mal l'inquiétude qui l'étreignait, elle aussi. Allez, on y va.

Phoebe se blinda et suivit sa sœur tandis qu'elle pénétrait dans les bureaux bruyants, décorés de macarons et de rubans bleus, blancs et rouges, dont les murs étaient recouverts de posters d'un Noël Jefferson au sourire éclatant.

Personne ne sembla remarquer l'arrivée des

deux jeunes femmes, tant ils étaient tous occupés à écrire, taper, téléphoner ou discuter entre eux.

Phoebe croisa les bras pour éviter au maximum de frôler ceux qu'elle rencontrait.

— Jefferson n'a pas l'air d'être là, remarqua Prue après avoir soigneusement balayé la salle du regard. Il y a un homme, là-bas, derrière un bureau. Peut-être qu'il pourra nous renseigner.

— Je te suis.

Lorsqu'elles se présentèrent devant lui, le secrétaire, pendu à son téléphone, ne leur prêta absolument aucune attention. Profitant de son inattention et de l'effervescence générale, Prue passa discrètement dans le corridor derrière lui et fit signe à Phoebe de la rejoindre.

— Tu as vu le plan ? lui souffla-t-elle alors. On a de la chance, le bureau de Jefferson se trouve tout au bout du couloir. Notre homme doit y être encore.

— On y va.

— Attends, lâcha Prue en la prenant par le bras. On va peut-être avoir un petit problème. Regarde, devant.

Deux gardes venaient en effet de les repérer et, un talkie-walkie à la main, s'approchaient lentement d'elles.

— J'ai vu. Qu'est-ce qu'on fait ?

— C'est très simple : si je les fais dégager,

quelqu'un risque d'appeler la police. Et nous, on n'a plus le temps de téléphoner à Piper.

— Alors, laisse-moi faire, répliqua Phoebe, le cœur battant.

Doutant que deux hommes considèrent deux femmes comme une menace, elle s'avança vers eux d'un pas décidé.

— Bonjour ! leur lança-t-elle sur un ton enjoué. Qu'est-ce qui se passe ?

— C'est précisément ce que j'allais vous demander, lui répondit le plus grand des deux.

Le visage anguleux et la moustache en broussaille, il était bâti comme un pilier de rugby. Se frottant les deux mains ensemble, il se balança d'avant en arrière sur les talons.

— Vous n'avez pas rendez-vous, dit l'autre.

Il avait beau être long et maigre à côté de son collègue, la dureté de son regard bleu acier n'incitait guère à la confiance.

— C'est vrai, on n'a pas rendez-vous, déclara Prue. Mais il faut que nous voyions M. Jefferson de toute urgence. C'est très important. Cela ne prendra d'ailleurs que quelques minutes.

— Pas question, rétorqua le garde aux yeux bleus.

Ses mâchoires carrées étaient aussi serrées que celles de Prue lorsqu'elle restait campée sur ses positions.

— M. Jefferson est en conférence avec son directeur de campagne, continua-t-il sur un ton ferme, et il ne veut pas être dérangé. Pas d'arguments, pas d'exception.

— Je comprends, soupira-t-elle. Vous ne faites que votre travail.

Puis, relevant la tête, elle le gratifia de son sourire le plus aguichant et ajouta :

— Vous veillez ainsi *tout le temps* sur M. Jefferson ?

Qu'est-ce qu'elle mijote ? se demanda Phoebe, à la fois inquiète et amusée. *Ce type-là n'est pas du tout son genre…*

— Vingt-quatre heures sur vingt-quatre, si vous voulez savoir, répliqua le moustachu. On ne le quitte pas d'une semelle.

— Vous ne prenez pas même un jour de congé ? insista Prue.

Loin de mordre à l'hameçon, les deux hommes échangèrent un regard entendu.

Poussant discrètement Phoebe du coude, Prue tendit alors la main au plus mince.

— Eh bien, ravie d'avoir fait votre connaissance. N'est-ce pas, Phoebe ?

— Euh… ah, oui, dit-elle en comprenant tout d'un coup que Prue attendait qu'elle entre en contact physique avec eux.

S'ils étaient toujours aux côtés de Jefferson, ils

se trouveraient aux premières loges si quelque chose arrivait à leur boss.

— Oui, j'étais ravie, moi aussi.

En se blindant instinctivement, Phoebe prit la main du moustachu. Elle s'attendait à être secouée par une violente vision mais rien ne se passa. L'avenir immédiat de cette armoire à glace n'avait manifestement rien de palpitant.

Misant sur l'espoir que les deux hommes alternaient leur jour de congé, Phoebe se tourna vers l'autre garde et lui toucha le bras.

— Jolie veste.

Rien. Pas même un frémissement.

Prue la considéra d'un air ahuri. Aucune prémonition de la mort de Jefferson n'était venue la frapper.

— Bon, eh bien je crois qu'on va s'en aller, déclara Phoebe en prenant sa sœur par le bras. Il ne nous reste qu'à prendre un rendez-vous à la réception.

— Et n'essayez pas de vous enfuir par la fenêtre, leur lança l'un des gardes. Il n'y en a pas.

— On n'en avait pas l'intention, lui répliqua Prue sur un ton hautain.

Sans discuter des visions que Phoebe n'avait pas eues, les deux sœurs repartirent aussitôt vers leur voiture.

— Alors, tu n'as rien vu ? lui demanda Prue en mettant le moteur en route.

— Non. Les hommes de fer ne sont pas plus en danger qu'avant une bataille de polochons.

— Alors, qu'est-ce que ça veut dire ?

— Je n'en sais rien, répondit Phoebe de l'air le plus contrarié. Peut-être qu'ils nous ont tout simplement raconté des bobards et qu'ils n'ont rien à voir avec Jefferson.

— Je n'ai pourtant pas eu l'impression qu'ils blaguaient en prétendant qu'ils étaient de garde vingt-quatre heures sur vingt-quatre.

— Moi non plus, avoua Phoebe. Les élections n'auront pas lieu avant plusieurs semaines. J'imagine que ce qui doit arriver ne surviendra pas avant un bout de temps.

— C'est possible, admit Prue à son tour. Athulak a réalisé ton souhait et celui de la petite fille sans attendre. Et, là, ça fait deux jours que Tremaine a formulé le sien.

— Un souhait aux conséquences cataclysmiques doit peut-être prendre plus de temps pour se développer et s'exécuter.

Tout en disant cela, Phoebe avait néanmoins la sensation désagréable qu'il manquait une pièce au puzzle. Mais, laquelle ?

— Je suis à peu près sûre qu'on n'a pas à se

faire de souci pour ce soir. Donc, si on doit se lever aux aurores demain pour aider Piper, autant aller se coucher tout de suite et avoir une bonne nuit de sommeil.

— Tout de suite ? répéta Prue en faisant la grimace. Tu veux dire quelle heure ?

— Avant les poules, si tu veux avoir le temps de boire et lire tranquillement ton journal.

Tandis que la voiture s'éloignait du parking, Phoebe se laissa aller contre son siège et ferma les yeux. La migraine qui ne la quittait pas lui rappelait douloureusement que Noël Jefferson courait toujours un grave danger et qu'il restait la seule cible d'Athulak.

Elle sortit de sa poche le charme protecteur de Piper et le serra entre ses doigts, en se rappelant le poteau brisé et le drapeau déchiré.

Elle ignorait ce qui attendait Noël Jefferson, mais une chose restait absolument claire.

Athulak haïssait les sorcières.

11

Piper retira une fournée de muffins dorés et les posa sur la cuisinière. La journée allait être longue et elle voulait s'assurer que ses sœurs aient de quoi tenir le coup jusqu'au soir.

Les personnalités locales et nationales qui participaient à la kermesse allaient attirer un essaim de journalistes. Un portrait de Brad Pitt s'arrêtant devant le stand du *P3* avait toutes les chances d'en faire le club le plus fréquenté de tout l'Etat.

Elle s'imagina un instant posant avec lui pour une photo en première page et se demanda si le charme qu'il dégageait n'était qu'une rumeur. Trois semaines plus tôt, Léo lui avait promis, une main sur le cœur, qu'il viendrait à la kermesse, et elle ne l'avait pas vu depuis. Cependant, elle devait faire bonne contenance car, si son boss, là-haut, la croyait incapable de supporter les absences de l'Être de Lumière, il le lui enlèverait pour de bon !

Tandis qu'elle sortait du frigo un bol de fruits frais, Phoebe entra dans la cuisine en bâillant et en se frottant les yeux.

— Salut, lui chantonna Piper.

Elle prit bien garde de ne pas lui montrer son agacement en la voyant dans cette tenue. Encore en pyjama et en pantoufles, Phoebe n'était pas coiffée et ses cheveux pendaient lamentablement sur ses épaules. Piper ne voulait pas commencer la journée avec des reproches, mais elle ne put s'empêcher de se demander ce que sa sœur faisait depuis une demi-heure que son réveil avait sonné.

— Le café est prêt et je vous ai fait des muffins à la myrtille.

Pour toute réponse, Phoebe hocha la tête et marmonna une phrase inaudible. Au bout d'un instant, elle sortit un bol du placard et se servit une bonne rasade de café. Puis elle prit du beurre dans le frigo et attrapa le journal sur le comptoir avant de s'asseoir à table.

Il y a de la mauvaise humeur dans l'air, on dirait, songea Piper en lui approchant le plat de muffins. Mais Phoebe était trop absorbée par sa lecture pour le remarquer. Elle laissa courir son doigt sur le bas de la page, puis feuilleta le journal en se mordant la lèvre inférieure.

Qu'est-ce qu'elle a, ce matin ? se demanda Piper. Selon les dires de Prue, la veille, Phoebe s'en était tirée avec une vision mineure plus deux tentatives qui n'avaient rien donné.

— Est-ce que Prue est levée ? hasarda-t-elle dans l'espoir que Phoebe daigne un peu lever le nez. Je t'ai dit que j'allais partir vivre là-haut avec Léo ?

— Oui, oui… répondit-elle en avalant une gorgée de café avant de se replonger dans son journal.

— Je n'arrive pas à croire que je suis debout et qu'il fait encore noir dehors, lança soudain Prue en faisant irruption dans la cuisine.

Fraîche et dispose, elle était tout sourires et sa chevelure d'ébène luisait après un brossage vigoureux. Elle portait un T-shirt bleu-gris sans manches qu'elle avait joliment assorti à un pantalon noir très chic et à des sandales à talons.

— Le café est tout chaud, lui annonça Piper avant de lui en verser une tasse. Tu en reveux, Phoebe ?

— Oui, s'il te plaît.

Elle lui avança son bol, jeta par terre la première page du journal et se plongea dans la suite. Piper lui servit une bonne dose de café brûlant puis se posta près d'elle et, les mains sur les hanches, lui demanda :

— Bon, maintenant, tu vas nous dire ce qui se passe.

Prue la rejoignit de l'autre côté et attendit. Se sentant soudain l'objet de deux regards intenses et scrutateurs, elle leva lentement le nez et les considéra d'un air interrogateur.

— Euh, oui… ? Qu'est-ce que c'est, le problème ?

— À toi de nous le dire, Phoebe, lâcha Piper.

Reposant la cafetière sur la plaque électrique, elle alla s'asseoir à côté de Prue et attendit.

— Oui, on t'écoute, ajouta celle-ci.

— Et d'abord, pourquoi est-ce que tu n'es pas encore habillée ? reprit Piper. Je me suis arrangée pour qu'on ait plein de temps avant de nous rendre au parc d'attractions, et toi, tu n'es pas encore prête.

— Je… je ne peux pas venir, dit-elle, les lèvres tremblantes, en se retenant manifestement de pleurer. Il y aura trop de gens…

La pique lancée par Piper se mua aussitôt en un sentiment de regret et de sympathie pour sa sœur. Toute aux préparatifs de la kermesse qui allait commencer, elle en avait oublié les difficultés qui submergeaient Phoebe. Pire encore, elle se rendait compte que le stress dû à ses visions à répétition l'anéantissait totalement.

— À ce point-là ? lui demanda-t-elle d'une voix étreinte par l'émotion.

— Oui, avoua Phoebe dans un murmure.

— Tu avais pourtant l'air d'aller, hier soir, lui dit Prue.

— Oui et non, en fait.

Après avoir avalé une longue gorgée de café, elle se massa le front.

Piper et Prue attendirent patiemment qu'elle continue.

— L'autre jour, quand la caissière s'est coupé le doigt, ma vision était comme… comme un souffle, mais le contrecoup physique était assez douloureux. Et épuisant. Et ça va en s'accentuant, maintenant. Que la cause de mes prémonitions soit légère ou nulle, l'effet qui suit est de pire en pire. Vous comprenez ?

Prue saisit tendrement le bras de sa petite sœur.

Quant à Piper, honteuse des reproches qu'elle lui avait faits, elle se détourna et son regard tomba sur le journal jeté par terre. Elle le ramassa, le plia et le posa sur la table.

— Qu'est-ce que tu cherchais, dedans ? lui demanda-t-elle doucement.

Phoebe se prit la tête entre les mains et soupira :

— Un article sur la disparition anormale de Noël Jefferson.

— Quoi ? s'étrangla Prue. Mais, je croyais…

— Attendez, leur dit-elle en levant la main. Je n'ai rien obtenu des deux costauds qui gardaient sa porte mais, cette nuit, je n'ai pas arrêté de penser à ce qui se passerait s'ils n'étaient pas là quand Athulak attaquerait.

— Mais, ils ont dit que…

— Je sais, Prue, vingt-quatre heures sur vingt-quatre, mais ils ne sont pas avec lui en permanence non plus. Ils étaient à l'extérieur de son bureau, hier soir ; et lui était à l'intérieur – hors de vue.

Prue blêmit brusquement.

— Et… tu crois qu'Athulak serait venu lui rendre une petite visite ?

— Non, les catastrophes qu'il cause sont toujours liées à un souhait, comme le poney fou furieux de l'autre jour. Il s'arrange toujours pour que son sale boulot passe pour un événement naturel ou imprévisible.

— Il l'a bien prouvé hier, sur le parking du palais de justice, commenta Prue.

— En tout cas, il est clair qu'il déteste les sorcières. Tu ne chercherais pas à te venger, si quelqu'un te piégeait dans une pierre pendant trois mille ans ?

— Si, reconnut Prue. On devrait peut-être appeler Darryl pour s'assurer que Jefferson va bien.

— Inutile, reprit Phoebe en essuyant une larme au coin de l'œil. Il n'y a rien dans le journal, et j'ai regardé les infos à la télé, en me levant.

Piper devinait bien, à présent, ce qui taraudait Phoebe. Elle s'en voulait ardemment de ne rien pouvoir faire de plus pour entrer en contact avec Jefferson.

— Tu n'as pas à t'en vouloir, Phoebe, lui dit-elle. Tu ne serais pas rentrée à la maison si tu savais qu'il pouvait arriver quelque chose à Jefferson, hier soir.

— Tu crois ? lâcha-t-elle avec un rire de dérision. Si vraiment j'avais cru ça, j'aurais peut-être pu dormir un peu, au contraire.

Elle respira longuement à plusieurs reprises avant d'ajouter :

— Franchement, à quoi me servent mes pouvoirs si mes nausées et mes maux de tête de plus en plus fréquents m'empêchent de m'en servir ?

— Oh, mon Dieu ! s'écria tout à coup Prue en bondissant de sa chaise.

— Quoi ? s'exclama Piper qui manqua de s'étrangler sur son café.

— L'agenda secret d'Athulak ! expliqua-t-elle. Hier on ne comprenait pas pourquoi il avait satisfait le souhait de Phoebe alors que sa sensibilité exacerbée *prévenait* les catastrophes et les empêchait donc d'arriver.

— Je ne te suis pas très bien, déclara Piper, mais continue.

— Allez-y, dit Phoebe. Moi, je mange, pendant ce temps.

— Oui, ça peut paraître un peu compliqué mais, vous allez voir, c'est très simple, quand on replace tout dans son contexte.

Elle avala une gorgée de café puis enchaîna :

— Il faut commencer avec le souhait de Tremaine, qui comporte deux éléments. D'abord, la libération d'Athulak de sa pierre. Et ensuite, le fait que, lorsque ce souhait sera satisfait, ça aura des répercussions cataclysmiques.

— O.K., jusque-là, ça va, dit Piper.

— Maintenant, puisque le souhait de Tremaine est plus long que les autres à satisfaire, il est possible que la première réaction d'Athulak soit un peu plus violente que la simple action de renverser quelques mortels ou de les rendre malheureux.

— Violente, dans quel sens ? demanda Phoebe.

— C'est peut-être une question de vie ou de mort pour Athulak. Imaginez que sa destinée finale soit dépendante du premier souhait émis après celui de Tremaine…

— Si quelque chose se passe mal et que le

souhait de Tremaine n'est pas réalisé, Athulak, ce sera de l'histoire ancienne ? suggéra Phoebe.

— J'adore cette théorie, remarqua Piper, mais c'est de la supposition, n'est-ce pas ?

— Pas tant que ça, répondit Prue en se resservant un peu de café. L'idée de base, c'est que Noël Jefferson représente la cible du souhait de Tremaine. Si Phoebe se connecte avec lui, on saura comment ce souhait se réalisera.

Phoebe cessa de manger pour regarder ses deux sœurs.

— D'accord, mais comment Athulak aurait-il pu comprendre ça ?

Subitement, Piper vit les pièces du puzzle se mettre en place d'elles-mêmes. Athulak avait vu Prue se servir de ses pouvoirs dans la bibliothèque de Tremaine et l'avait ensuite suivie dans le parc. Il avait été emprisonné par une magicienne et craignait qu'une sorcière moderne ne puisse entraver ses projets.

— Alors, conclut Piper, atterrée, Athulak se trouvait dans le parc quand Phoebe a donné l'alerte à propos du poney *avant* qu'il n'explose ?

— Parfaitement.

— Et c'est là-bas qu'on a parlé de l'éventualité de rencontrer Noël Jefferson le jour de la kermesse, enchaîna-t-elle.

— Tu as tout compris, dit Prue. Quand Athulak

a découvert que Phoebe devinait l'avenir, il en a déduit qu'elle pourrait prédire la catastrophe qui avait un rapport avec Jefferson.

— C'est pour ça que, lorsque Phoebe a prononcé son souhait, reprit Piper, Athulak a augmenté ses pouvoirs de façon si forte que cela les annihilait en même temps.

— C'est trop diabolique, je n'arrive pas à y croire, marmonna Phoebe, dégoûtée.

— C'est pour ça qu'on les appelle des démons, commenta Piper.

— Mais, tu sais, lui fit alors remarquer Prue, il y a tout de même un détail crucial qu'il a ignoré : l'application que tu mets à accomplir ce qui est bien, même si ça doit t'empoisonner l'existence.

— C'est gentil ce que tu dis, Prue, mais, tu vois, je n'ai pas pu aller jusqu'au bout. On n'a pas réussi à approcher Noël Jefferson d'assez près pour que j'aie une vision.

— Mais, c'est ce que tu voulais, pourtant, lui rappela-t-elle. Où est-ce qu'on allait quand Athulak nous a attaquées ?

— Voir Noël Jefferson.

— Exactement. Je maintiens ce que je dis.

— J'accepte ta théorie, repartit Phoebe, mais il reste que je n'ai pas achevé ma mission. On n'a absolument aucune idée de la façon dont Athulak prévoit d'arracher Jefferson à ces élections.

— On a encore le temps de le découvrir, dit Piper. Jefferson doit prononcer un discours à la kermesse, ce matin. Vers onze heures, je crois.

— Je file m'habiller, déclara Phoebe avant de se ruer dans l'escalier.

— Eh bien, les filles, on n'a plus de temps à perdre, annonça Piper en débarrassant la table du petit déjeuner.

— Attends, lui dit alors Prue. Je ne sais pas pour toi mais, moi, je me sentirai nettement plus à l'aise si je porte sur moi un charme protecteur… un peu plus frais, disons.

Piper lui tendit un rouleau de cellophane et lui déclara :

— D'accord. Tu nettoies, et moi je cuisine.

Avec des gestes fébriles, Piper réunit les ingrédients de sa potion. L'esprit du vent qu'était Athulak avait apparemment la possibilité de se transformer en une lame tranchante et mortelle. Il pouvait aussi la projeter avec une telle force qu'elle parvenait à couper en deux un poteau métallique. D'autre part, il avait tenté de tuer une fois pour empêcher Phoebe d'entrer en contact avec Noël Jefferson. Il serait fou de croire qu'il n'essaierait pas de nouveau.

Les charmes magiques étaient la seule défense des sœurs Halliwell. Tout en sortant du frigo une boîte en plastique contenant des cœurs de poulets,

Piper songea à une autre possibilité inquiétante, à laquelle personne n'avait encore songé. Puisque Phoebe était enfermée dans les toilettes pendant que Jefferson avait quitté le palais de justice, Athulak pouvait tout simplement avoir suivi celui-ci jusqu'à son quartier général. Il devait savoir aussi que les deux sorcières ne pourraient jamais franchir le barrage de sécurité qui empêchait l'accès au bureau du politicien. Peut-être même leur avait-il emboîté le pas jusqu'au manoir pour s'assurer qu'elles ne tenteraient pas autre chose.

L'estomac noué, Piper considéra les plumes de faucon emballées dans un sac de plastique. Le charme qu'elle avait trouvé dans le *Livre des Ombres* avait été écrit pour prévenir les ouragans et les tornades. Elle l'avait légèrement modifié en y ajoutant un démon doué de sensations qui avait pris la forme de l'air.

Mais elle n'avait absolument aucune preuve que ce charme marcherait.

12

À huit heures du matin, lorsque Prue se gara sur le parking, une activité intense régnait déjà dans le parc d'attractions alors que la kermesse n'ouvrait ses portes qu'à neuf heures.

— Piper, tu sais où est ton stand ? demanda Prue en descendant de voiture.

Alors que les différents vendeurs arrivaient avec leur propre matériel et leur générateur, Piper avait loué un stand avec accès à l'électricité, non loin du pavillon principal, du côté de la zone de pique-nique.

— Pas vraiment, répondit-elle en examinant le plan que lui avaient envoyé les organisateurs. Attends… oui, c'est ça, je crois qu'on est là-bas.

Glissant la bandoulière de sa sacoche sur ses épaules, Prue verrouilla la voiture. Les bras croisés sur la poitrine, Phoebe se tenait frileusement appuyée contre le coffre, redoutant d'avance la foule qui allait l'entourer. Elle devait en effet éviter tout contact physique avec qui que ce soit, excepté Noël Jefferson lui-même. Une seule chose comptait : sauver le politicien et, donc, le monde entier.

— J'espère que Jimmy et toute l'équipe arriveront à temps pour prendre nos livraisons, lâcha Piper sur un ton nerveux.

— Je me demande si Rick est là, dit Prue.

— Je vais voir. Je vous retrouve tout à l'heure, dès que j'aurai vérifié que tout se passe bien.

Saisissant son sac, elle partit en direction de son stand.

Prue se tourna vers Phoebe, mais vit que sa petite allusion à Rick n'avait produit aucun effet. Le regard sombre de sa sœur s'attardait sur le parc d'attractions qui les entourait.

— À quoi penses-tu ? lui demanda-t-elle.

— C'est la première fois que je viens ici pendant les heures de fermeture, répondit Phoebe. C'est un peu terrifiant, tout paraît mort sans les lumières, la musique et les cris des gens… les échos des jours heureux, quand on était enfants.

— Dis donc, tu as des pensées bien mélancoliques, si tôt le matin, répliqua Prue dans l'espoir de l'égayer un peu.

Mais elle savait que Phoebe se remettrait vite de la crise personnelle qu'elle traversait. Les

Halliwell surmontaient toujours les obstacles qu'elles rencontraient. C'était dans leurs gènes depuis des siècles.

— Tu as raison, dit-elle en se redressant. J'ai assez donné dans le tristounet pour la journée. Viens, on va s'occuper en allant aider Piper.

— Ah, que voilà une bonne parole ! Tu préfères qu'on aille tout de suite la voir ou qu'on aille ensemble vérifier la scène où Tremaine et Jefferson feront leur discours ?

Comme Phoebe hésitait, Prue ajouta :

— Je comprendrai parfaitement si tu choisis d'aller retrouver Rick.

La seule mention de ce prénom illumina un instant le visage de Phoebe qui, néanmoins, répliqua :

— Non, le travail d'abord. Les amusements après.

— Alors, on y va.

Prue se dirigea vers le grand pavillon de bois, au bord duquel on avait dressé une tente rayée de bleu et de blanc. Des hommes étaient en train de tirer d'énormes câbles pour la sono et d'installer des chaises pour le public. Des musiciens locaux, des chorales des écoles voisines allaient partager le programme avec les politiciens.

Plus loin, à l'extrémité du parc, se dressaient les attractions habituelles aux foires et aux kermesses : les montagnes russes, la grande roue, ainsi que des manèges et des autotamponneuses.

Tandis qu'elles longeaient les différents stands, Phoebe ne quittait pas sa sœur d'une semelle. Mais, à part les équipes d'installation qui allaient et venaient, la voie était libre devant les deux filles, et elle commença à se détendre un peu.

— Oh, regarde, s'exclama-t-elle, des poupées de chiffon ! Elles sont jolies, non ?

— Qu'est-ce que tu veux faire d'une poupée de chiffon ? interrogea Prue, ravie de constater que sa sœur se laissait enfin distraire par autre chose que sa désagréable mission.

— Rien, mais elle ferait chou sur mon lit, non ?

Les marchandises exposées sur les stands étaient très variées. Cela allait des bijoux fantaisie aux jouets de bois, en passant par des livres de recettes étrangères, des jacuzzis ou du matériel de musculation. D'autres stands étaient tenus par des groupements politiques, des associations éducatives ou caritatives, des commerces tels que le *P3*, ou des sponsors sportifs.

Prue était impressionnée par la diversité des activités présentées, par l'ingéniosité et l'enthousiasme des participants. Elle se demandait également si eux aussi avaient rendu fou leur entourage avec les préparatifs de cette kermesse. De toute évidence, Piper savait de quoi il retournait quand elle s'était lancée dans cette aventure. À en juger par les étalages de toutes sortes, chacun s'attendait à voir défiler une véritable foule.

— Ça sent le café, déclara Phoebe en s'arrêtant subitement. J'en boirais bien une tasse, tu vois.

— Moi aussi. Attends, on va peut-être pouvoir arranger ça.

Arrivées devant la tente sous laquelle auraient lieu les discours des deux politiciens, elles constatèrent que celle-ci était fermée au public par un cordon. À l'intérieur, des tables et des chaises étaient installées çà et là et, dans le fond, près d'une grande estrade, se dressait un buffet rempli de pâtisseries et de thermos d'où s'échappait une délicieuse odeur de café. Au-dessus de l'entrée était apposé un panneau : RÉSERVÉ À LA PRESSE ET AUX OFFICIELS.

— J'imagine qu'on ne fait pas partie des officiels, hasarda Phoebe avec une moue.

— Non, mais on peut faire partie des journalistes, rétorqua Prue.

Sortant la carte de presse qui lui était fournie d'office par le *415*, elle passa la sacoche de son appareil autour des épaules de Phoebe et ajouta :

— Je viens de t'embaucher comme assistante.

— C'est vrai que tu as besoin de moi, tu es tellement nulle, plaisanta-t-elle.

— Parfaitement, répliqua Prue en riant.

Elle s'avança alors vers la tente avec l'assurance de celle qui savait qui elle était et où elle allait.

Une jolie jeune femme assise à une petite table, à l'entrée, bondit en la voyant passer sans même lui jeter un regard.

— Madame, s'il vous plaît ! lança-t-elle.

Prue s'arrêta, fit signe à Phoebe de la rejoindre, puis tourna vers la femme un regard étonné.

— Oui ?

— Euh… Cette tente est fermée au public.

Louise, d'après le nom inscrit sur son badge, semblait sincèrement ennuyée en lui indiquant la pancarte au-dessus d'elles.

— Elle est réservée à la presse et aux invités officiels.

Prue fit un pas en avant et lui présenta sa carte de presse.

— Prue Halliwell, annonça-t-elle, photographe pour le *415*.

Se tournant vers Phoebe, elle ajouta :

— Et voici mon assistante.

— Oh, dans ce cas… parfait, reprit Louise. Entrez, installez-vous et servez-vous une petite collation.

— Merci, lui dit aimablement Prue. Mon rédacteur m'a demandé de saisir au maximum l'atmosphère de cette kermesse. Accepteriez-vous de poser pour notre magazine ?

— Moi ? s'exclama-t-elle, soudain tout agitée. Mais… tout à fait, oui.

D'un geste nerveux, elle lissa sa courte chevelure noire et lui proposa un sourire figé.

— Excellent ! dit Prue. Merci.

Elle fit mine de s'éloigner, puis revint vers Louise.

— Savez-vous à quelle heure doit parler M. Jefferson ? J'ai oublié mon programme dans ma voiture.

— À onze heures. Je viens juste de m'entretenir avec lui, et il sera là environ un quart d'heure avant.

Comme pour lui prouver qu'elle disait vrai, Louise lui montra son téléphone portable et murmura :

— J'ai eu Whoopi, ce matin, aussi. Elle arrivera en retard.

— Au moins, elle sera là. Merci encore. Je reviens dans quelques instants.

Certaine, à présent, qu'elles auraient accès à la tente tout au long de la journée, Prue se servit un café et rejoignit Phoebe installée dans le fond, qui lui demanda aussitôt :

— Alors, c'est cool ?

— Complètement, répondit-elle en posant sa sacoche sur la table. Si on te demande quelque chose, tu donnes mon nom, celui du magazine, et tu précises que tu es mon assistante. Louise, qui contrôle les entrées, est au courant.

— Je crois que c'est dans mes capacités.

Phoebe se tendit malgré tout lorsque deux femmes et un homme armés de bloc-notes et de porte-documents vinrent s'asseoir à la table voisine. Mais elle se rassura vite en constatant qu'ils ne leur prêtaient pas la moindre attention.

— Alors, qu'est-ce qu'on fait ? interrogea-t-elle à voix basse. Tu as un plan ?

— Maintenant, oui. Mais d'abord, la bonne nouvelle : Louise vient de parler à Jefferson. Aucun problème, durant la nuit.

Soulagée, Phoebe se plaqua une main sur la poitrine.

— Merci, mon Dieu. Et alors, qu'est-ce que tu prévois, maintenant ?

— Tu vas sagement m'attendre ici pendant que je vais voir si tout va bien pour Piper. Tu risques peut-être de voir aller et venir pas mal de gens, mais mieux vaut se frotter à des célébrités qu'à la foule qui va bientôt se presser dehors.

— On a vu pire, comme plan, admit Phoebe. Bruce Willis fait partie des invités, non ?

— Bruce Willis ? répéta Prue, interloquée.

Depuis quand Bruce Willis est-il sur ta liste des « personnalités-que-j'adorerais-rencontrer » ?

— Il est sexy, pour un ancien. Comme Mel Gibson et Harrison Ford.

— O.K., garde tes fantasmes pour toi, dit Prue en se levant et en attrapant sa sacoche. Je vais quand même me balader à droite et à gauche, histoire de jouer les pros. Si Louise commence à avoir des doutes à notre sujet, elle risque de nous mettre dehors.

— Avec tous ces beignets qui sont là rien que pour moi ? J'espère que non.

— Jefferson ne se pointera pas avant deux heures, mais je serai revenue d'ici là. Avec un peu de chance, tu pourras entrer en contact avec lui ici sous la tente avant qu'il ne fasse son discours.

À ces mots, Prue remarqua un imperceptible soubresaut chez Phoebe.

— Tu es sûre de pouvoir m'attendre tranquillement ici ?

— Tu plaisantes ? rétorqua-t-elle en ouvrant largement les bras. J'ai tout ce que je veux comme café et pâtisseries, et je suis aux premières loges pour voir défiler toutes les personnalités du showbiz et de la politique. Qu'est-ce que je pourrais demander de plus ?

Embarquant son appareil, Prue abandonna

donc sa sœur pour prendre quelques photos et sceller son pacte avec Louise.

— C'est super ! lança Piper en ôtant l'élastique qui lui retenait les cheveux.

Pour la première fois de la semaine, elle sentait qu'elle avait eu raison d'avoir investi ses économies dans ce stand.

Avec une efficacité et une vitesse redoutables, Rick, Jimmy et deux de ses amis avaient terminé l'installation des tables, des chaises et des tabourets de bar, du frigo et du matériel de sono des *Hard Crackers*, le groupe de rock qui allait se produire vers midi. Avant cela, les bandes et les CD de Jimmy sauraient parfaitement mettre l'ambiance voulue pour attirer les clients que Piper espérait voir venir en masse.

Tout en chantonnant au son de la musique, Sandy et Monica, deux serveuses du *P3*, dressaient les tables et les décoraient de fleurs.

La kermesse promettait d'être un grand succès… à condition qu'Athulak ne surgisse pas du ciel pour chercher revanche. Piper toucha le charme qu'elle gardait dans sa poche et effleura le nœud qu'elle portait au cou. Une décapitation soudaine attirerait sans doute l'attention de Léo, où qu'il soit, mais elle doutait que ses pouvoirs de guérison parviennent à lui rendre une forme humaine et décente.

— Piper, c'est magnifique ! s'extasia Prue en la prenant dans ses bras.

— Tu ne trouves pas que c'est un peu trop, toutes ces fleurs ?

— Non, c'est parfait. Et puis, j'adore le book que tu as fait avec mes photos du *P3*. Elles donnent bien, non ?

— Oui, Prue. Merci mille fois, tu as fait un travail superbe.

Les doigts sur son charme, elle ajouta :

— Alors, du nouveau à propos de Jefferson ?

— J'ai juste appris qu'il était encore bien vivant ce matin. On l'attend pour son discours vers onze heures moins le quart.

— Et Tremaine doit parler juste après lui, annonça Piper en sortant un programme de sa poche. À onze heures quarante-cinq, je crois.

— Je me demande si Athulak va tenir compte de ça, dit Prue. On en saura peut-être plus si Phoebe peut entrer en contact avec Jefferson avant qu'il ne parle. Je sais qu'on ne peut pas utiliser nos pouvoirs au milieu d'une foule, mais essaie d'être là-bas aussi… au cas où.

— Oui, comme soutien moral, au moins. Mais, au fait, où est Phoebe ?

— Sous la tente des VIP ; elle espère tomber sur Bruce Willis.

Posant son appareil sur le comptoir, Prue se glissa sur un tabouret. Elle sursauta quand Rick, surgi de nulle part, lui demanda :

— Phoebe connaît Bruce Willis ?

— Figure-toi que je l'ignorais, moi aussi, répondit Piper avant de s'asseoir à côté de sa sœur. Mais je suis contente que tu aies pris ton appareil avec toi parce que, quand Brad Pitt se pointera, il n'y aura sans doute aucun photographe dans les parages.

— Tu connais Brad Pitt ? interrogea Rick, de plus en plus surpris.

— On est très amis, oui, répondit-elle avant d'éclater de rire. Non, je plaisante.

— Ne vous en faites pas, Rick, lui dit alors Prue. Je crois me rappeler que Phoebe aime les hommes grands, avec les cheveux blonds. Bruce Willis est petit et pratiquement chauve.

L'intérêt évident que Rick portait à Phoebe semblait avoir court-circuité son sens de l'humour, songea Piper. Il n'avait manifestement pas compris l'allusion.

— Et elle ne connaît aucun acteur, ajouta-t-elle.

Après le départ de Prue, Phoebe avait passé une heure à lire la suite de son roman, puis une demi-heure à observer les personnalités de la télévision locale ainsi que toute une série d'acteurs qu'elle reconnaissait.

La plupart d'entre eux l'avaient ignorée, tandis que d'autres l'avaient gratifiée d'un signe de tête ou d'un bonjour poli. Ce qui était aussi bien car elle ne parvenait pas forcément à mettre un nom sur le visage de chacun.

Alors que l'un d'eux entamait la conversation avec elle, une voix annonça l'arrivée de Noël Jefferson. Phoebe se redressa pour le voir apparaître à l'entrée de la tente. Grand et blond, le sourire un peu enfantin, il semblait parfaitement à l'aise et heureux d'être là. Parmi son entourage, Phoebe reconnut quelques personnes aperçues la veille à son quartier général, ainsi que ses deux gardes, le moustachu costaud et le grand maigre aux yeux d'acier.

Il n'y avait toutefois aucune trace de Piper et de Prue.

Lorsque les gens s'écartèrent un peu pour le laisser s'avancer, Phoebe vit que Jefferson avait un bras passé sur l'épaule d'une jolie jeune femme aux cheveux blonds, coiffée d'une élégante capeline de paille. Elle tenait par la main un petit garçon au visage constellé de taches de rousseur, qui devait avoir environ huit ans.

Pas marié mais manifestement très engagé, se dit Phoebe avec un sentiment de regret pour Prue qui en avait longuement parlé lors de leur pique-nique, quelques jours plus tôt.

Elle regarda sa montre et se leva. Jefferson allait commencer son discours dans cinq minutes. Elle n'avait pas peur de ses gardes du corps, aujourd'hui, car le candidat au Congrès s'employait à serrer la main d'un maximum de gens, histoire de récolter encore quelques voix par-ci, par-là.

Cependant, si Phoebe avait une vision occasionnée par quelqu'un d'autre avant d'atteindre Jefferson, tout serait fichu. Elle examina la salle et se choisit un parcours qui avait des chances de lui aller… tant que personne ne changeait de place.

Les bras croisés sur la poitrine, elle se fraya sans incident un chemin parmi les tables, puis s'arrêta à quelques mètres des gens afin de décider de la meilleure façon de procéder. Pendant que le politicien répondait aux questions des journalistes, ses deux gardes du corps se tenaient à distance respectable, légèrement en arrière de la femme et du petit garçon qui l'accompagnaient.

Soudain, derrière le groupe de gens massés près

du candidat, Phoebe aperçut Prue et Piper qui lui faisaient de grands signes. Un rapide regard autour d'elle lui indiqua que sa sœur ne pourrait jamais figer la scène dans l'espoir de l'aider. Le public était facilement composé d'une centaine de personnes qui attendaient son discours.

— Je voudrais un beignet, dit le gamin en tirant sur la manche de sa mère.

— Oui, bientôt, Paul.

Rencontrant le regard de Prue, Phoebe, d'un discret signe de la main, lui indiqua qu'elle allait essayer de rejoindre Jefferson en contournant la foule par-derrière. Se servir de celle-ci comme d'un bouclier serait plus prudent. Le seul contact dont elle avait besoin était celui du bras ou de l'épaule du candidat ; et personne ne remarquerait rien, si elle devait s'effondrer ensuite dans le fond de la salle.

Piper et Prue échangèrent quelques mots, puis cette dernière se glissa sous les cordes pour tenter de se rapprocher au maximum.

Veillant toujours à ne frôler personne, Phoebe avait franchi la moitié du chemin qui la séparait de son but quand la foule sembla se déplacer d'un seul bloc, se précipitant en avant alors que Noël Jefferson était appelé à monter sur la scène.

Elle serra les poings, ne sachant plus quoi faire.

Prue agita la main et lui jeta un regard interrogateur.

Quant à Piper, impuissante, elle observait la scène depuis l'extérieur de la tente.

Comprenant que c'était peut-être là leur dernière chance, Phoebe s'avança derrière Jefferson, au moment précis où les gardes refermaient le cercle derrière lui. Comme il s'apprêtait à grimper les marches de l'estrade, elle bondit en avant.

Au même instant, le petit Paul s'arracha à l'étreinte de sa mère, fit volte-face et se rua sur Phoebe.

Projetée en arrière par l'élan du gamin, elle s'étala sur le sol et, aussitôt, se sentit entraînée dans le tourbillon d'une puissante vision.

... il s'accroche à une barre métallique... le garçon hurle de terreur... il regarde Noël Jefferson en train de tomber du haut de la grande roue...

13

Prue ne comprenait pas comment les choses avaient pu arriver si vite.

— Paul ! s'écria la jeune femme au chapeau de paille, à l'instant précis où Phoebe s'effondrait.

Prue vit Noël Jefferson regarder derrière lui alors qu'elle se ruait à la suite de son fils.

— Qu'est-ce qui se passe ? demanda-t-il d'un air inquiet.

— Rien d'inquiétant, monsieur, lui répondit le moustachu en le poussant poliment à gravir les marches de l'estrade.

Le garde aux yeux bleus se retourna un moment sur la femme qui s'agenouillait à côté de son fils. Plusieurs journalistes l'empêchant d'apercevoir Phoebe à terre, il reporta vite son attention sur Jefferson.

— Je ne voulais pas… pleurnichait le gamin.

Mais tu m'avais dit que j'aurais bientôt un beignet...

— Ce n'est rien, Paul, lui dit sa mère.

Elle se pencha alors sur Phoebe, qui, roulée en boule, se tordait de douleur. Voyant cela, Prue se précipita, lui agrippa le bras et lui dit :

— C'est bon, c'est ma sœur. Je m'en occupe.

Saisissant Phoebe par les épaules, elle s'agenouilla à ses côtés et la cala contre elle. Un petit groupe de gens s'était formé autour d'eux, indifférents aux paroles que prononçait Noël Jefferson.

— Mais, elle a l'air de beaucoup souffrir, rétorqua la jeune femme, consternée. Je ne comprends pas... Comment Paul a-t-il pu lui faire cela ?

— Ce n'est pas sa faute, la rassura Prue en souriant. C'est elle... elle ne va pas très bien, depuis un moment.

C'est alors que Prue aperçut Piper en train de discuter âprement avec Louise, à l'entrée de la tente.

— Vous êtes sûre ? demanda l'autre en hésitant.

— Tout à fait, ne vous inquiétez pas. Elle a juste besoin d'un peu d'air frais. Elle ira mieux dans cinq minutes.

Prue souffla quand elle la vit s'éloigner avec

son fils en lui promettant de l'emmener sur la grande roue.

Puisque le petit Paul avait déclenché la vision de Phoebe, elle fit son possible pour ne pas les lâcher des yeux. Elle les vit s'approcher de l'estrade, pour écouter le discours de Noël Jefferson, et, aussitôt, deux journalistes leur offrirent leurs chaises.

Sachant Paul en sécurité pour le moment, Prue chercha Piper du regard au moment où Phoebe paraissait reprendre ses esprits. Elle s'apprêtait à figer cette têtue de Louise quand elle vit sa sœur, furieuse, tourner les talons et disparaître.

— Piper ! cria-t-elle.

— Qu'est-ce qui se passe ? résonna soudain une voix d'homme au-dessus d'elles. Dois-je appeler un médecin ou… ?

— Non, ce n'est pas la peine, s'empressa-t-elle de répondre.

Déjà, cet événement avait attiré bien trop de gens autour d'elles.

Lentement, Phoebe se redressa, s'assit en s'appuyant sur Prue et inspira avec force. Puis elle sourit à l'homme penché sur elle et lui assura que tout allait bien, maintenant.

— Il lui faut simplement un peu de repos, ajouta Prue en l'aidant à se mettre debout. Je m'en occupe, merci.

En hochant la tête, le garde recula, et l'attroupement qui s'était formé autour des filles s'éparpilla tandis que chacun allait s'asseoir pour écouter le discours déjà bien entamé de Jefferson.

Tout en soutenant Phoebe, Prue ne put s'empêcher de remarquer que la voix du politicien avait quelque chose de magnétique. Le seul fait de l'entendre parler de sources d'énergie alternées et de la nécessité de préserver l'environnement pour les générations futures renforça sa résolution : elle et ses sœurs allaient tout faire pour le sauver.

À condition qu'elles découvrent ce qui le menaçait avant qu'il ne soit trop tard, songea-t-elle non sans appréhension.

Une fois dehors, Prue vit Piper qui allait et venait sous un grand arbre, à quelques mètres de là.

— Comment vas-tu, Phoebe ? lui demanda-t-elle.

— Le… petit garçon, souffla-t-elle en se laissant mollement tomber sur l'herbe, où est-il ?

— Il écoute le discours, lui dit Prue.

Soulagée, elle s'appuya contre l'arbre sous lequel se tenaient les trois filles.

— Bon, alors on a peu de temps.

— Avant quoi ? interrogea Piper.

À quoi fallait-il s'attaquer, au juste ? Sauver le petit garçon ou le candidat au Congrès ?

— Qu'est-ce qui est arrivé à Paul, Phoebe ? lui demanda Prue.

— Je ne crois pas qu'il subisse quoi que ce soit, répondit-elle. À part, peut-être, un traumatisme mental… quand il voit Jefferson tomber de la grande roue.

Piper laissa échapper un profond soupir.

Prue ferma les yeux et se prit les tempes entre les mains.

Elles avaient enfin l'information tant attendue à propos de Noël Jefferson. Mais la participation du petit Paul était un choc pour elles. Jouait-il un rôle clé dans les événements dramatiques que devait engendrer le souhait émis par Stephen Tremaine ? Assister à la chute mortelle d'un homme allait-il affecter le reste de sa jeune vie, sans parler du danger que représentait l'élection de Tremaine plutôt que celle de Jefferson ?

Rapidement, Prue repoussa toutes ces questions de côté. Il n'y aurait aucun cataclysme en chaîne si Jefferson restait en vie. Et cela dépendait d'elles. Des Charmed.

— J'ai entendu la mère de Paul lui promettre de l'emmener sur la grande roue, déclara Prue. Il faut absolument les empêcher d'y monter.

— Ça, c'est mon job, dit Piper. Jimmy et les

filles peuvent s'occuper du stand sans moi. Et Rick a promis de nous aider, aussi, au cas où on aurait trop de visiteurs.

— Oui, bien sûr, commenta Prue à l'adresse de Phoebe. À mon avis, ce sont plutôt tes jolis yeux qui l'attirent dans le coin.

— Non, tu crois ? murmura Phoebe en souriant. Mais, en attendant, les filles, on ferait bien de se mettre en position si on veut empêcher ce M. Jefferson de filer droit vers sa mort. Comme je ne me remue pas encore très vite, il est grand temps de se bouger.

— Tu as raison, dit Prue en se levant. On y va.

— Est-ce qu'on va attendre longtemps ? demanda Piper en se glissant derrière la table de pique-nique où venaient de s'asseoir ses deux sœurs.

— Sans doute pas, lui dit Prue. Paul ne tiendra plus en place après le discours de Jefferson.

Elles tournèrent leur regard vers le pavillon et la tente, où l'entourage du politicien commençait à se regrouper, tandis que le public se dispersait dans le parc.

Puis les yeux de Piper se promenèrent du côté du parking, où elle aperçut un groupe de journalistes en train de suivre… Stephen Tremaine, qui se dirigeait à son tour vers le pavillon. Le chemin qu'il emprunta au travers des pelouses le fit passer non loin de la table où se tenaient les trois filles.

Arrivant à leur hauteur, l'homme les aperçut, hésita puis s'arrêta. Derrière lui, les journalistes firent bien sûr de même.

— Mademoiselle Halliwell ? dit-il alors en s'approchant de Prue.

À la différence de Jefferson, habillé de façon décontractée, Stephen Tremaine portait un austère costume sombre et des chaussures noires étincelantes.

— Monsieur Tremaine, répondit-elle en souriant à peine. Quelle surprise !

— Je suis sincèrement ravi de vous revoir, reprit-il sur un ton affable. Votre rédacteur m'a fait parvenir les épreuves des photos que vous avez prises, l'autre jour, dans ma bibliothèque. Je tiens à vous dire à quel point je suis satisfait du résultat. Vous avez fait un excellent travail.

— Merci, répondit-elle poliment sans l'inviter néanmoins à prolonger la conversation.

Pas le temps de bavarder, songea Piper en voyant le groupe de Noël Jefferson marcher à présent dans leur direction.

Tremaine, cependant, ne semblait pas pressé de s'en aller. Comme il tendait la main à Piper pour la saluer, son épaule heurta par mégarde celle de Phoebe. Aussitôt secouée par une puissante décharge, elle roula des yeux blancs et s'effondra sur le sol. Piper bondit à ses côtés.

— Qu'est-ce que… ? lâcha Tremaine avec un mouvement de recul. Faut-il appeler une ambulance ?

— Non, non, c'est simplement un coup de chaleur, lui expliqua hâtivement Prue. Il n'y a pas à s'inquiéter. Mais il vaudrait mieux vous éloigner. Tout ce monde…

— Oh, je comprends.

Il hésita un peu, puis s'écarta en faisant signe à sa troupe de le suivre.

Piper souleva doucement la tête de Phoebe, comprenant que leurs problèmes se compliquaient dangereusement. Impuissante, elle regarda Noël Jefferson et son groupe passer devant leur table, pour se diriger vers les attractions où l'attendait une mort certaine.

Près d'elle, Phoebe gémissait de douleur.

Des images brutales assaillaient l'esprit de Phoebe. Un hurlement silencieux se répercuta dans son cerveau tandis qu'elle découvrait San Francisco en ruine. La désolation la plus totale régnait sur la ville : les arbres étaient calcinés, les immeubles anéantis, les ponts détruits, et une fumée âcre s'élevait vers un ciel plombé. Des gens hagards erraient, tels des zombies, à travers les rues défoncées et plongées dans un épais brouillard noirâtre.

San Francisco venait de disparaître, rayé de la carte.

Des larmes s'écoulaient des yeux de Phoebe quand elle émergea de son cauchemar.

— Allez, allez, Phoebe, remets-toi, lui intima la voix ferme de Prue.

Sa nausée la quitta lentement, pour laisser place à une puissante douleur à l'estomac, tandis que sa migraine reprenait de plus belle.

— Phoebe, lui dit doucement Piper en lui prenant la main, qu'est-ce que tu as vu ? Qu'est-ce qui arrive à Tremaine ?

— Il... brûle comme tous les autres, articula-t-elle en s'efforçant de relever la tête. Dans un holocauste nucléaire...

— Comment ça ? s'étrangla Prue.

— Impossible à dire. Mais, le seul moyen de stopper tout ça c'est... de s'assurer que Jefferson soit élu.

Prue et Piper se tournèrent vers le politicien et son groupe qui s'éloignaient pour rejoindre l'autre extrémité du parc, là où se tenaient les attractions.

— Allez-y ! leur ordonna Phoebe. Laissez-moi là, je me débrouille.

Calant entre ses mains sa tête douloureuse, elle regarda ses deux sœurs partir en courant vers le candidat dont le destin mortel semblait scellé.

Elle ne pouvait plus rien faire d'autre. L'avenir du monde reposait à présent sur les épaules de Prue et de Piper.

— Comment un homme à lui seul peut-il causer un holocauste nucléaire ? interrogea Piper, hors d'haleine.

Elle venait d'arriver avec Prue à l'entrée de la zone d'attractions où, déjà, s'amassait une foule importante.

— Phoebe ne se trompe jamais, rappelle-toi, dit Prue qui ne quittait pas Jefferson des yeux.

La mère de Paul et le groupe qui l'accompagnait se mirent à l'écart tandis qu'avec le petit garçon, il prenait la file d'attente pour monter dans la grande roue.

— C'est vrai, admit Piper.

Comme elle sortait de sa poche un élastique pour se nouer les cheveux, le charme qu'elle ne quittait pas tomba par terre, et elle se baissa pour le ramasser.

Au même instant, Prue entendit un sifflement

strident, qui s'intensifia alors que passait au-dessus d'elles un vent glacé.

Athulak ! Trop tard pour l'avertir du danger ! Comme dans un film au ralenti, elle regarda sa sœur saisir la pochette de cuir, non sans imaginer avec horreur sa tête tranchée en train de rouler sur le sol.

Puis le sifflement suraigu s'atténua, la température autour de Prue se réchauffa d'un coup et elle devina que l'entité invisible s'éloignait.

Piper se releva, remit tranquillement le sachet dans sa poche et attacha ses cheveux en une souple queue-de-cheval. Voyant alors que Prue la fixait d'un air ébahi, elle s'étonna.

— Quoi ?

— Le charme marche, dit-elle avec un petit sourire.

— Tu en es sûre ? demanda-t-elle en levant instinctivement la tête vers le ciel.

— Certaine. Tu viens de me le prouver.

— Ah ! O.K… Athulak vient de passer, c'est ça ?

— Exactement.

Elles n'eurent pas le temps d'en dire plus, car Noël Jefferson et Paul étaient les prochains à monter dans la grande roue.

— On y va, dit Prue. D'une manière ou d'une

autre, il faut qu'on le dissuade de faire un tour là-dedans.

Elles arrivèrent à la hauteur du politicien au moment où l'opérateur faisait avancer la nacelle devant lui. Jefferson fit grimper Paul en premier, lui fixa la ceinture autour de la taille, puis monta à son tour.

Comment lui annoncer ce qui était sur le point de se passer ? Prue n'en avait pas la moindre idée. On allait les prendre pour des folles si elles lui révélaient la vérité.

L'opérateur rabaissait la barre de sécurité quand elle bondit en avant.

— Attendez !

Au son de sa voix, les gardes du corps de Jefferson firent volte-face et, aussitôt, reconnurent Prue. Se jetant entre la cabine et les deux jeunes femmes, ils leur bloquèrent le passage. Qu'ils les considèrent comme des admiratrices un peu trop zélées ou comme une menace potentielle, ils n'avaient aucune intention de les laisser approcher le politicien.

Prue sentit son estomac se retourner quand elle vit l'opérateur actionner la roue. La nacelle de Jefferson s'éleva pour stopper quelques mètres plus haut quand se présenta la suivante. La dernière à être encore vide.

— Tu es d'accord, Prue ? lui demanda Piper. Il s'agit bien d'une urgence, là ?

— On va dire ça, lui répondit-elle avec un sourire entendu.

Piper figea donc les deux gardes, l'opérateur, les gens situés dans leur entourage immédiat, et la roue elle-même.

Risqué mais absolument nécessaire, songea Prue en grimpant dans la cabine métallique.

— Mets ta ceinture, lui dit Piper tandis qu'elle levait la main pour réveiller tout ce petit monde.

L'opérateur cligna des yeux et referma la barre de sécurité comme si de rien n'était. Les deux gardes, quant à eux, remarquèrent tout de suite la disparition des deux sœurs et jetèrent des regards affolés autour d'eux, sans rien comprendre.

La roue accomplit plusieurs tours sans que rien se passe. Tendues à l'extrême, cependant, Piper et Prue ne quittaient pas des yeux la nacelle de Jefferson et du petit Paul, attendant la microseconde où leurs pouvoirs feraient la différence entre la mort et la vie.

Au cinquième tour, un sifflement strident déchira l'air au-dessus d'elles, avertissant les deux sorcières d'un danger dont elles ignoraient encore la cause. Dans sa vision, Phoebe n'avait pas vu ce qui faisait tomber Jefferson, ni même s'il avait encore la tête sur les épaules au moment de sa chute.

D'un geste fébrile, Prue extirpa le charme de sa poche et attendit ce qui lui parut une éternité avant de voir la roue redescendre et la nacelle de Jefferson se positionner naturellement en dessous de la sienne. Alors, elle lâcha la pochette de cuir qui tomba sur le toit de la cabine. Quand l'objet commença à glisser sur le côté, Prue, d'une pichenette, le fit atterrir aux pieds du politicien.

La roue entama son sixième tour, et la nacelle de Jefferson repassa lentement au-dessus de celle des deux filles.

C'est alors que retentit le cri perçant d'Athulak, bientôt suivi par un grincement sinistre… qui se transforma en craquement. Un des attelages qui retenait en permanence la cabine en position horizontale venait de se rompre et celle-ci penchait dangereusement de travers, au-dessus du vide.

N'écoutant que son instinct, Piper leva les deux mains de façon à figer et la roue et les spectateurs, en bas.

Prue aperçut alors le petit Paul, heureusement retenu par sa ceinture de sécurité, immobilisé dans sa terreur, la bouche grande ouverte et les mains agrippées à la barre métallique.

Quant à Jefferson, la lanière qui le retenait

s'était à demi détendue, et il avait commencé à glisser par en dessous. Quand la roue se remettrait à bouger, il tomberait comme un sac de sable et s'écraserait sur les pavés en contrebas.

— J'espère que tu sais quoi faire, dit Piper, parce que je ne vais pas tenir longtemps comme ça.

— Compris.

Une fois que la roue repartirait, la nacelle, n'étant plus retenue que par un seul attelage, pendrait à la verticale. Prue n'aurait alors que quelques secondes pour agir avant qu'elle n'atteigne le sommet, là où son champ de vision commencerait à se modifier.

Lorsque Piper redonna vie au temps, le cri d'effroi du petit garçon s'échappa enfin de sa gorge et Jefferson s'agrippa désespérément à la barre de sécurité. En vain, car ses mains commençaient à lâcher prise. Au moment où il allait glisser dans le vide, Prue utilisa toute la puissance de sa télékinésie pour le maintenir en place.

Subissant malgré lui la force de gravité, le petit Paul n'était désormais plus retenu que par sa ceinture, fermement fixée autour de sa taille.

Cependant, la nacelle atteignait à présent le sommet de la roue et, bientôt, Prue la perdrait de vue. Se concentrant au maximum, elle ordonna mentalement à Jefferson de tenir bon et, l'espace d'un instant, son regard paniqué croisa le sien. Puis, lentement, elle le vit disparaître au-dessous d'elle.

Dans un même élan, Piper et Prue se penchèrent en s'appuyant contre la barre de sécurité et regardèrent en contrebas. La cabine était à présent retournée dans l'autre sens et, mû par un fol instinct de survie, Jefferson s'était hissé sur le côté… qui avait maintenant la place du toit !

Achevant ce dernier tour tragique, la roue s'arrêta enfin lorsque la nacelle du politicien arriva au niveau du sol. Paul cessa de crier, comme par magie.

— Ouf, souffla Piper, c'était intéressant…

La nacelle remua lorsqu'elle reprit sa place en attendant que les gardes et l'équipe de secours se précipitent pour dégager Noël Jefferson et le petit garçon qui l'accompagnait.

Épuisée, Prue se laissa aller contre son siège puis se raidit lorsqu'elle entendit le sifflement aigu d'Athulak résonner au-dessus de leur tête.

— Qu'est-ce que tu fais ? lui demanda Piper en la sentant lui agripper la main.

— Je te tiens pour que ton charme me protège moi aussi, lui expliqua-t-elle. Rappelle-toi que j'ai jeté le mien sur la cabine de Jefferson, tout à l'heure.

— C'est vrai…

Comme le cri perçant de l'esprit vengeur se rapprochait, Prue ferma les yeux. Ses cheveux se dressèrent un instant sur sa tête, un brusque coup de vent glacé lui caressa les joues, puis il n'y eut plus rien.

Le calme était revenu.

14

Phoebe n'avait rien perdu de la scène dramatique qui venait de se dérouler. Après avoir récupéré assez de forces pour marcher, elle avait absolument tenu à rejoindre l'endroit où se trouvait la grande roue. On ne savait jamais quand le Pouvoir des Trois était nécessaire.

Mais, apparemment, on n'en avait pas eu besoin, cette fois. Évitant d'entrer en contact avec quiconque, Phoebe contourna la foule qui s'amassait de plus en plus près de la roue. Les flashes crépitaient de toutes parts tandis que les journalistes attachés au politicien s'empressaient de téléphoner le scoop à leurs chaînes respectives.

Personne ne saurait jamais ce qui s'était réellement passé, là-haut, entre les deux cabines, songea Phoebe avec mélancolie. Un photographe surgit soudain derrière elle et la bouscula avant de lui lancer une vague excuse. Par chance, il ne provoqua chez elle aucune vision, mais, pour éviter d'autres rencontres désagréables, elle préféra se glisser un peu à l'écart, près du grand portail d'entrée.

Debout sur la pointe des pieds, s'accrochant d'une main à la grille de fer, Phoebe fit signe à ses sœurs… qui ne la virent pas. Encore sous le choc, bloquées à quelques mètres au-dessus du sol, elles attendaient que leur nacelle soit arrivée à bon port.

Dès que Jefferson et Paul furent récupérés sains et saufs, ses gardes du corps les éloignèrent aussi vite que possible tandis que des mécaniciens s'affairaient à dégager la cabine pour permettre aux autres passagers de descendre.

Alors qu'on menait les deux rescapés à l'écart des journalistes et des badauds, la mère de l'enfant, en larmes, se précipita dans leurs bras.

Arrivée sur les lieux avant même la fin du drame, une équipe médicale proposa des soins à Jefferson, qu'il refusa d'un geste poli. Visiblement secoué, il restait malgré tout maître de la situation. La presse et le public allaient dorénavant le voir sous les traits d'un héros, et cette tragédie lui avait sans doute déjà fait gagner son siège au Congrès.

Toujours pendue à son portail, Phoebe, qui

attendait impatiemment l'arrivée de ses sœurs, ne vit pas la femme qui s'approchait d'elle.

— Ah, je suis heureuse de vous voir sur pied ! lui dit-elle d'une voix douce. Je suis vraiment désolée de ce qui vous est arrivé à cause de mon fils, tout à l'heure.

Elle se retourna pour voir la mère du petit Paul, son fils serré contre elle, lui prendre la main et la serrer chaleureusement. D'instinct, Phoebe se raidit mais rien ne vint. Pas la moindre vision. Pas la moindre secousse. Le calme plat.

— Ce n'est rien, c'est oublié, s'empressa-t-elle de répondre. Ce qui vient d'arriver à votre fils est tellement plus grave, je…

— Ah, vous voilà !

Jefferson, qui venait rejoindre la femme et son fils, aperçut celle-ci en train de parler avec Phoebe.

— Lenora m'a raconté ce qui est arrivé, lui déclara-t-il en lui posant une main sur le bras. Comment allez-vous ?

— Écoutez… ce… ce n'était rien, balbutia-t-elle. C'est moi qui…

Une image s'imposa soudain à son esprit : celle d'un San Francisco radieux, inondé de soleil. Une douce vision de l'avenir, qui effaçait d'un seul coup toutes les horreurs entrevues ces derniers jours.

C'était la troisième personne qui la touchait en

l'espace de quelques minutes, et aucune prémonition n'était venue l'assaillir. Phoebe n'y croyait pas. Peut-être que…

— Je suis sincèrement confuse, monsieur, enchaîna-t-elle. C'est à vous et à Paul qu'il faut demander si tout va bien.

— Disons que cela a constitué une épreuve, répondit-il avec un sourire à damner les démons. Une épreuve terrible que je ne souhaite à personne, bien sûr. Mais, l'important est que Paul et moi en soyons sortis indemnes.

Submergée d'émotion, Phoebe ne pouvait décemment pas lui expliquer que sa survie avait empêché la destruction totale de San Francisco et de ses habitants… dans un avenir qui n'existait pas encore.

— Et lui, comment va-t-il ? interrogea-t-elle en se penchant sur le petit garçon. J'imagine la peur qu'il a dû avoir.

— Il va bien, il réclame encore son beignet, répondit sa mère en souriant.

— Tu sais, il y en a de délicieux, là-bas, sous la tente, lui dit Phoebe. J'en ai mangé trois !

Paul se mit à rire et Jefferson lui demanda :

— Tu te sens capable d'en manger trois, toi aussi ?

— Oui, mais je ne veux plus monter dans la grande roue, oncle Noël.

— Voilà une promesse de campagne que je peux parfaitement tenir, assura-t-il en éclatant de rire.

— Oncle Noël ? répéta Phoebe, curieuse.

— Oui, dit-il avant de passer un bras autour des épaules de la jeune femme. Et voici ma sœur, Lénora.

— Vraiment ? Ah, je…

Phoebe s'interrompit en voyant enfin arriver Piper et Prue.

— Et voici mes sœurs, Piper…

Celle-ci tendit la main à Jefferson.

— Bonjour.

— Bonjour, Piper.

Mais, presque immédiatement, ses yeux se posèrent sur Prue. L'étincelle qui jaillit entre eux fut presque palpable. Et, quand les gardes s'approchèrent pour intervenir, le politicien les repoussa d'un signe de la tête.

— … et Prue, enchaîna Phoebe. Photographe au *415* et…

Mais, déjà, Jefferson ne l'écoutait plus. Manifestement bouleversé, il prit les deux mains de Prue entre les siennes et souffla :

— Vous m'avez empêché de tomber, là-haut. Jamais je ne saurai jamais vous remercier assez.

— Non, je…, lâcha-t-elle en rougissant.

— Si, vraiment, insista-t-il. Je sais que cela

peut paraître étrange mais j'ai senti que vous me donniez la force et la volonté de m'accrocher.

Devinant que son entourage ne perdait pas une de ses paroles, il toussota et ajouta :

— Eh oui, je vais avoir besoin d'une nouvelle série de photos pour ma campagne.

— Aucun problème, répondit Prue. Je vous arrangerai ça.

— Eh bien, venez donc partager notre déjeuner. Nous parlerons de tout cela à tête reposée.

Sur ces mots, Noël Jefferson entraîna Lénora, le petit Paul et Prue vers sa voiture qui attendait un peu plus loin.

Lorsque le chauffeur lui ouvrit la portière, Prue se retourna et envoya un clin d'œil malicieux à ses sœurs.

Dès qu'ils se furent éloignés, Piper déclara à sa sœur :

— Une fin heureuse comme tu les aimes, Phoebe.

— Oui mais, tu vois, puisque Noël Jefferson *va être* élu, il n'y a pas beaucoup de chances pour que ça aille loin entre eux. Je ne pense pas que Prue ait envie de s'installer à Washington.

Alors que son regard balayait les alentours, elle écarquilla les yeux en voyant apparaître Léo qui émergeait de la foule, derrière Piper. Un doigt sur la bouche, il fit signe à Phoebe de ne rien dire.

— C'est sûr qu'elle n'a pas le profil de la sage épouse d'un politicien. Elle n'est pas faite pour rester en retrait et…

Piper poussa un glapissement quand des mains se plaquèrent sur son visage. Par pur réflexe, elle envoya un violent coup de coude en arrière, qui plia son assaillant en deux.

— Bonjour, Léo, dit alors Phoebe.

— Léo ! s'étrangla Piper en se retournant.

Mortifiée et ravie à la fois, elle resta un instant bouche bée, le regarda se redresser en grimaçant et… se jeta dans les bras de l'homme de sa vie. Alors qu'il l'embrassait tendrement, elle osa lui poser la question qui tuait :

— Tu es là pour combien de temps ?

— On m'a promis trois jours, peut-être plus. À moins qu'une catastrophe interplanétaire ne m'oblige à repartir tout de suite.

— Pas de problème, on s'est occupées de tout. N'est-ce pas, Phoebe ?

— Oui, alors profite tranquillement de ton après-midi, Piper. Moi, je vais voir si tout se passe bien au stand du *P3*.

Le stand où un certain Rick devait l'attendre depuis un bon moment.

Achevé d'imprimer sur les presses de

BUSSIÈRE

GROUPE CPI

à Saint-Amand-Montrond (Cher)
en août 2002

FLEUVE NOIR
12, avenue d'Italie
75627 Paris Cedex 13
Tél. : 01-44-16-05-00

— N° d'imp. : 24292. —
Dépôt légal : septembre 2002.

Imprimé en France